I0553615

José Joaquín Fernández de Lizardi

El Periquillo Sarniento

Tomo III

Barcelona **2024**
Linkgua-ediciones.com

Créditos

Título original: El Periquillo Sarniento.

© 2024, Red ediciones S.L.

e-mail: info@linkgua.com

Diseño de cubierta: Michel Mallard.

ISBN rústica: 978-84-9816-618-7.
ISBN ebook: 978-84-9897-063-0.

Sumario

Brevísima presentación

La vida

José Joaquín Fernández de Lizardi (1776-1827). México.

Hijo de Manuel Fernández de Lizardi y Bárbara Gutiérrez. Nació en la Ciudad de México.

En 1793 ingresó en el Colegio de San Ildefonso, fue bachiller y luego estudió teología, aunque interrumpió sus estudios tras la muerte de su padre.

Hacia 1805 escribió en el periódico el *Diario de México*. En 1812, tras las reformas promulgadas por la Constitución de Cádiz, Fernández de Lizardi fundó el periódico *El Pensador Mexicano*, nombre que usó como seudónimo.

Entre 1815 y 1816, publicó dos nuevos periódicos: *Alacena de frioleras* y el *Cajoncito de la alacena*.

En mayo de 1820, se restableció en México el gobierno constitucional y, con la libertad de imprenta, fueron abolidas la Inquisición y la Junta de Censura. Entonces Fernández de Lizardi fundó el periódico *El conductor eléctrico*, a favor de los ideales constitucionales; apenas unos años después, en 1823, editó otro periódico, *El hermano del Perico*.

Su último proyecto periodístico fue el *Correo Semanario de México*.

Lizardi combatió en la guerra de independencia y en 1825 fue capitán retirado. Murió de tuberculosis en 1827 y fue enterrado en el cementerio de la iglesia de San Lázaro.

Versión basada en la: 4ª ed., El Periquillo Sarniento, México, Librería de Galván, 1842.

Tomo III

Vida y hechos de Periquillo Sarniento

...Nadie crea que es suyo el retrato, sino que hay muchos diablos que se parecen unos a otros. El que se hallare tiznado, procure lavarse, que esto le importa más que hacer crítica y examen de mi pensamiento, de mi locución, de mi idea, o de los demás defectos de la obra.

Torres Villarroel en su prólogo de la Barca de Aqueronte.

Escrita por él para sus hijos

Capítulo I. En el que refiere Periquillo cómo se acomodó con el doctor Purgante, lo que aprendió a su lado, el robo que le hizo, su fuga y las aventuras que le pasaron en Tula, donde se fingió médico

Ninguno diga quién es, sus obras lo dirán. Este proloquio es tan antiguo como cierto, todo el mundo está convencido de su infalibilidad; y así ¿que tengo yo que ponderar mis malos procederes cuando con referirlos se ponderan? Lo que apeteciera, hijos míos, sería que no leyerais mi vida como quien lee una novela, sino que pararais la consideración más allá de la cáscara de los hechos, advirtiendo los tristes resultados de la holgazanería, inutilidad, inconstancia y demás vicios que me afectaron; haciendo análisis de los extraviados sucesos de mi vida, indagando sus causas, temiendo sus consecuencias, y desechando los errores vulgares que veis adoptados por mí y por otros; empapándoos en las sólidas máximas de la sana y cristiana moral que os presentan a la vista mis reflexiones; y, en una palabra, desearía que penetrarais en todas sus partes la sustancia de la obra, que os divirtierais con lo ridículo, que conocierais el error y el abuso para no imitar el uno ni abrazar el otro, y que donde hallarais algún hecho virtuoso os enamorarais de su dulce fuerza y procurarais imitarlo. Esto es deciros, hijos míos, que deseara que de la lectura de mi vida sacarais tres frutos, dos principales, y uno accesorio. Amor a la virtud, aborrecimiento al vicio y diversión. Éste es mi deseo, y por esto, más que por otra cosa, me tomo la molestia de escribiros mis más escondidos crímenes y defectos; si no lo consiguiere, moriré

11

al menos con el consuelo de que mis intenciones son laudables. Basta de digresiones que está el papel caro.

Quedamos en que fui a ver al doctor Purgante, y en efecto lo hallé una tarde después de siesta en su estudio sentado en una silla poltrona con un libro delante y la caja de polvos a un lado. Era este sujeto alto, flaco de cara y piernas, y abultado de panza, trigueño y muy cejudo, ojos verdes, nariz de caballete, boca grande y despoblada de dientes, calvo, por cuya razón usaba en la calle peluquín con bucles. Su vestido cuando lo fui a ver era una bata hasta los pies, de aquellas que llamaban de quimones, llena de flores y ramaje, y un gran birrete muy tieso de almidón y relumbroso de la plancha.

Luego que entré me conoció y me dijo: ¡oh, Periquillo, hijo!, ¿por qué extraños horizontes has venido a visitar este Tugurio? No me hizo fuerza su estilo porque ya sabía yo que era muy pedante, y así le iba a relatar mi aventura con intención de mentir en lo que me pareciera; pero el doctor me interrumpió diciéndome: ya, ya sé la turbulenta catástrofe que te pasó con tu amo el farmacéutico. En efecto, Perico, tú ibas a despachar en un instante al pacato paciente del lecho al féretro improvisamente, con el trueque del arsénico por la magnesia. Es cierto que tu mano trémula y atolondrada tuvo mucha parte de la culpa, mas no la tiene menos tu preceptor el fármaco, y todo fue por seguir su capricho. Yo le documenté que todas estas drogas nocivas y *venenáticas* las encubriera bajo una llave bien segura que solo tuviera el oficial más diestro, y con esta asidua diferencia se evitarían estos equívocos mortales; pero, a pesar de mis insinuaciones, no me respondía más sino que eso era particularizarse e ir contra la secuela de los fármacos, sin advertir que «es propio del sabio mudar de parecer», *sapientis est mutare consilium*, y que «la costumbre es otra naturaleza», *consuetudo est altera natura*.[1] Allá se lo haya. Pero dime, ¿qué te has hecho tanto tiempo? Porque si no han fallado las noticias que en alas de la fama han penetrado mis aurículas, ya días hace que te lanzaste a la calle de la oficina de Esculapio.

---

1 Para inteligencia de algunos lectores pareció conveniente poner en castellano los latinajos que ensarta el doctor, como otros que se hallan esparcidos en toda la obra; y se han intercalado en ella las traducciones evitando la fastidiosa aglomeración de notas y llamadas que interrumpirían su lectura. Esta advertencia es aquí necesaria para que no se extrañe en la página siguiente que diga Periquillo que no entendió muchos de estos terminotes. (N. del E.)

Es verdad, señor, le dije, pero no había venido de vergüenza, y me ha pesado, porque en estos días he vendido para comer mi capote, chupa y pañuelo. ¡Qué estulticia!, exclamó el doctor, la *verecundia* es «muy buena», *optime bona*, cuando la origina crimen de *cogitato*; mas no cuando se comete *involunrie*, pues si en aquel *hic et nunc*, esto es, «en aquel acto», supiera el individuo que hacía mal, *absque dubio* (sin duda) se abstendría de cometerlo. En fin, hijo carísimo, ¿tú quieres quedarte en mi servicio y ser mi *consodal in perpetuum*, «para siempre»? Sí, señor, le respondí. Pues bien. En esta *domo* (casa) tendrás «desde luego, o en primer lugar», *in primis el panem nostrum quotidianum*, «el pan de cada día»; «a más de esto», *aliunde*, lo potable necesario; *tertio*, la cama *sic vel sic*, «según se proporcione»; *quarto*, los tegumentos exteriores heterogéneos de tu materia física; *quinto*, asegurada la parte de la higiene que apetecer puedes, pues aquí se tiene mucho cuidado con la dieta y con la observancia de las seis cosas naturales y de las seis no naturales prescritas por los hombres más luminosos de la facultad médica; *sexto*, beberás la ciencia de Apolo *ex ore meo, ex visu tuo y ex bibliotheca nostra*, «de mi boca, de tu vista y de esta librería»; «por último», *postremo*, contarás cada mes para tus *surrupios* o para *quodcumque vellis*, esto es, «para tus cigarros o lo que se te antoje», quinientos cuarenta y cuatro maravedís limpios de polvo y paja, siendo tu obligación solamente hacer los mandamientos de la señora mi hermana; observar *modo naturalistarum*, «al modo de los naturalistas», cuándo estén las aves *gallináceas* para *oviparar* y recoger los *albos* huevos, o por mejor decir, los pollos «por ser», o *in fieri*; servir las viandas a la mesa, y, finalmente, y lo que más te encargo, cuidar de la refacción ordinaria y *puridad* de mi mula, a quien deberás atender y servir con más prolijidad que a mi persona.

He aquí, ¡oh, caro Perico!, todas tus obligaciones y comodidades en *sinopsim* o «compendio». Yo, cuando te invité con mi pobre *tugurio* y consorcio, tenía el deliberado ánimo de poner un laboratorio de química y botánica; pero los continuos desembolsos que he sufrido me han reducido a la «pobreza», *ad inopiam*, y me han frustrado mis primordiales designios; sin embargo, te cumplo la palabra de admisión, y tus servicios los retribuiré justamente, porque *dignus est operarius mercede sua*, «el que trabaja es digno de la paga».

Yo, aunque muchos terminotes no entendí, conocí que me quería para criado entre de escalera abajo y de arriba; advertí que mi trabajo no era demasiado, que la conveniencia no podía ser mejor, y que yo estaba en el caso de admitir cosa menos; pero no podía comprender a cuánto llegaba mi salario, por lo que le pregunté que por fin ¿cuánto ganaba cada mes? A lo que el doctorote, como enfadándose, me respondió: ¿Ya no te dije *claris verbis*, «con claridad», que disfrutarías quinientos cuarenta y cuatro maravedís? Pero señor, insté yo, ¿cuánto montan en dinero efectivo 544 maravedís? Porque a mí me parece que no merece mi trabajo tanto dinero. Sí merece, *stultisime famule*, «mozo atontadísimo», pues no importan esos centenares más que 2 pesos.

Pues bien, señor doctor, le dije, no es menester incomodarse; ya sé que tengo 2 pesos de salario, y me doy por muy contento solo por estar en compañía de un caballero tan *sapiente* como usted, de quien sacaré más provecho con sus lecciones que no con los polvos y mantecas de don Nicolás.

Y como que sí, dijo el señor Purgante, pues yo te abriré, como te apliques, los palacios de Minerva, y será esto premio superabundante a tus servicios, pues solo con mi doctrina conservarás tu salud luengos años, y acaso, acaso te contraerás algunos intereses y estimaciones.

Quedamos corrientes desde ese instante, y comencé a cuidar de lisonjearlo, igualmente que a su señora hermana, que era una vieja, beata Rosa, tan ridícula como mi amo, y aunque yo quisiera lisonjear a Manuelita, que era una muchachilla de catorce años, sobrina de los dos y bonita como una plata, no podía, porque la vieja condenada la cuidaba más que si fuera de oro, y muy bien hecho.

Siete u ocho meses permanecí con mi viejo, cumpliendo con mis obligaciones perfectamente, esto es, sirviendo la mesa, mirando cuándo ponían las gallinas, cuidando la mula y haciendo los mandados. La vieja y el hermano me tenían por un santo, porque en las horas que no tenía qué hacer me estaba en el estudio, según las sólitas concedidas, mirando las estampas anatómicas del Porras, del Willis y otras, y entreteniéndome de cuando en cuando con leer los aforismos de Hipócrates, algo de Boerhaave y de Van Swieten; el Etmulero, el Tissot, el Buchan, el tratado de *Tabardillos por Amar*, el compendio anatómico de Juan de Dios López, la cirugía de Lafaye, el

14

Lázaro Riverio y otros libros antiguos y modernos, según me venía la gana de sacarlos de los estantes.

Esto, las observaciones que yo hacía de los remedios que mi amo recetaba a los enfermos pobres que iban a verlo a su casa, que siempre eran a poco más o menos, pues llevaba como regla el trillado refrán de como te pagan vas, y las lecciones verbales que me daba, me hicieron creer que yo ya sabía medicina, y un día que me riñó ásperamente y aun me quiso dar de palos porque se me olvidó darle de comer a la mula, prometí vengarme de él y mudar de fortuna de una vez.

Con esta resolución esa misma noche le di a la doña mula ración doble de maíz y cebada, y, cuando estaba toda la casa en lo más pesado de su sueño, la ensillé con todos sus arneses, sin olvidarme de la gualdrapa; hice un lío en el que escondí catorce libros, unos truncos, otros en latín y otros en castellano, porque yo pensaba que a los médicos y a los abogados los suelen acreditar los muchos libros, aunque no sirvan o no los entiendan; guardé en el dicho maletón la capa de golilla y la golilla misma de mi amo, juntamente con una peluca vieja de pita, un formulario de recetas y, lo más importante, sus títulos de bachiller en medicina y la carta de examen, cuyos documentos los hice míos a favor de una navajita y un poquito de limón con lo que raspé y borré lo bastante para mudar los nombres y las fechas.

No se me olvidó habilitarme de monedas, pues, aunque en todo el tiempo que estuve en la casa no me habían pagado nada de salario, yo sabía en dónde tenía la señora hermana una alcancía en la que rehundía lo que cercenaba del gasto; y acordándome de aquello de que quien roba al ladrón, etc., le robé la alcancía diestramente; la abrí y vi con la mayor complacencia que tenía muy cerca de cuarenta duros, aunque para hacerlos caber por la estrecha rendija de la alcancía los puso blandos.

Con este viático tan competente emprendí mi salida de la casa a las cuatro y media de la mañana, cerrando el zaguán y dejándoles la llave por debajo de la puerta.

A las cinco o seis del día me entré en un mesón, diciendo que en el que estaba había tenido una mohína la noche anterior y quería mudar de posada.

Como pagaba bien, se me atendía puntualmente. Hice traer café, y que se pusiera la mula en caballeriza para que almorzara harto.

15

En todo el día no salí del cuarto, pensando a qué pueblo dirigiría mi marcha y con quién, pues ni yo sabía caminos ni pueblos, ni era decente aparecerse un médico sin equipaje ni mozo.

En estas dudas dio la una del día, hora en que me subieron de comer, y en esta diligencia estaba cuando se acercó a la puerta un muchacho a pedir por Dios un bocadito.

Al punto que lo vi y lo oí conocí que era Andrés, el aprendiz de casa de don Agustín, muchacho, no sé si lo he dicho, como de catorce años, pero de estatura de dieciocho. Luego luego lo hice entrar, y a pocas vueltas de la conversación me conoció, y le conté cómo era médico y trataba de irme a algún pueblecillo a buscar fortuna, porque en México había más médicos que enfermos; pero que me detenía carecer de un mozo fiel que me acompañara y que supiera de algún pueblo donde no hubiera médico.

El pobre muchacho se me ofreció y aun me rogó que lo llevara en mi compañía, que él había ido a Tepeji del Río, en donde no había médico y no era pueblo corto, y que si nos iba mal allí nos iríamos a Tula, que era pueblo más grande.

Me agradó mucho el desembarazo de Andrés, y habiéndole mandado subir qué comer, comió el pobre con bastante apetencia, y me contó cómo se estuvo escondido en un zaguán y me bio salir corriendo de la barbería y a la vieja tras de mí con el cuchillo; que yo pasé por el mismo zaguán donde estaba, y a poco de que la vieja se metió a su casa, corrió a alcanzarme, pero que no le fue posible; y no lo dudo, ¡tal corría yo cuando me espoleaba el miedo!

Díjome también Andrés que él se fue a su casa y contó todo el pasaje; que su padrastro lo regañó y lo golpeó mucho, y después lo llevó con una corma a casa de don Agustín; que la maldita vieja, cuando vio que yo no parecía, se vengó con él levantándole tantos testimonios que se irritó el maestro demasiado y dispuso darle un novenario de azotes, como lo verificó, poniéndolo en los nueve días hecho una lástima, así por los muchos y crueles azotes que le dio, como por los ayunos que le hicieron sufrir al traspaso; que así que se vengó a su satisfacción la inicua vieja, lo puso en libertad quitándole la corma, echándole su buen sermón y concluyendo con aquello de *cuidado con otra*; pero que él, luego que tuvo ocasión, se huyó

16

de la casa con ánimo de salirse de México; y para esto se andaba en los mesones pidiendo un bocadito y esperando coyuntura de marcharse con el primero que encontrase.

Acabó Andrés de contarme todo esto mientras comió, y yo le disfracé mis aventuras haciéndole creer que me había acabado de examinar en medicina; que ya le había insinuado que quería salir de esta ciudad; y así que me lo llevaría de buena gana, dándole de comer y haciéndole pasar por barbero en caso de que no lo hubiera en el pueblo de nuestra ubicación.

Pero señor, decía Andrés, todo está muy bien; pero si yo apenas sé afeitar un perro, ¿cómo me arriesgaré a meterme a lo que no entiendo? Cállate, le dije, no seas cobarde: sábete que *audaces fortuna juvat, timidosque repellit...* ¿Qué dice usted, señor, que no lo entiendo? Que a los atrevidos, le respondí, favorece la fortuna y a los cobardes los desecha; y así, no hay que desmayar, tú serás tan barbero en un mes que estés en mi compañía, como yo fui médico en el poco tiempo que estuve con mi maestro, a quien no sé bien cuánto le debo a esta hora.

Admirado me escuchaba Andrés, y más lo estaba al oírme disparar mis latinajos con frecuencia, pues no sabía que lo mejor que yo aprendí del doctor Purgante fue su pedantismo y su modo de curar, *methodus medendi.*

En fin, dieron las tres de la tarde y me salí con Andrés al baratillo, en donde compré un colchón, una cubierta de baqueta para envolverlo, un baúl, una chupa negra y unos calzones verdes con sus correspondientes medias negras, zapatos, sombrero, chaleco encarnado, corbatín y un capotito para mi fámulo y barbero que iba a ser, a quien también le compré seis navajas, una bacía, un espejo, cuatro ventosas, dos lancetas, un trapo para paños, unas tijeras, una jeringa grande y no sé qué otras baratijas, siendo lo más raro que en todo este ajuar apenas gasté 27 o 28 pesos. Ya se deja entender que todo ello estaba como del baratillo; pero con todo eso, Andrés volvió al mesón contentísimo.

Luego que llegamos pagué al cargador y acomodamos en el baúl nuestras alhajas. En esta operación vio Andrés que mi haber en plata efectiva apenas llegaba a 8 o 10 pesos. Entonces muy espantado me dijo: ¡ay, señor! ¿Y que con ese dinero nomás nos hemos de ir? Sí, Andrés, le dije, ¿pues y que no alcanza? ¿Cómo ha de alcanzar, señor? ¿Pues y quién carga el baúl y el

17

colchón de aquí a Tepeji, o a Tula? ¿Qué comemos en el camino? ¿Y, por fin, con qué nos mantenemos allí mientras que tomamos crédito? Ese dinero orita orita se acaba, y yo no veo que usted tenga ni ropa ni alhajas, ni cosa que lo valga que empeñar.

No dejaron de ponerme en cuidado las reflexiones de Andrés; pero ya para no acobardarlo más, y ya porque me iba mucho en salir de México, pues yo tenía bien tragado que el médico me andaría buscando como una aguja (por señas que cuando fui al baratillo en un zaguán compré la mayor parte de los tiliches que dije) y temía que, si me hallaba, iba yo a dar a la cárcel, y de consiguiente a poder de Chanfaina. Por esto con todo disimulo y pedantería le dije a Andrés: no te apures, hijo, *Deus providebit.*[2] No sé lo que usted me dice, contestó Andrés, lo que sé es que con ese dinero no hay ni para empezar.

En estas pláticas estábamos cuando a cosa de las siete de la noche en el cuarto inmediato oí ruido de voces y pesos. Mandé a Andrés que fuera a espiar qué cosa era. Él fue corriendo y volvió muy contento diciéndome: señor, señor, ¡qué bueno está el juego! ¿Pues que están jugando? Sí señor, dijo Andrés, están en el cuarto diez o doce payos jugando albures, pero ponen los chorizos de pesos.

Picome la culebra, abrí el baúl, cogí 6 pesos de los 10 que tenía y le di la llave a Andrés diciéndole que la guardara, y que aunque se la pidiera y me matara no me la diera, pues iba a arriesgar aquellos 6 pesos solamente, y si se perdían los cuatro que quedaban, no teníamos ni con qué comer ni con qué pagar el pesebre de la mula a otro día. Andrés, un poco triste y desconfiado, tomó la llave y yo me fui a entrometer en la rueda de los tahúres.

No eran éstos tan payos como yo los había menester; estaban más que medianamente instruidos en el arte de la baraja, y así fue preciso irme con tiento. Sin embargo, tuve la fortuna de ganarles cosa de 25 pesos, con los que me salí muy contento, y hallé a Andrés durmiéndose sentado.

Lo desperté y le mostré la ganancia, la que guardó muy placentero contándome cómo ya tenía el viaje dispuesto y todo corriente, porque abajo estaban unos mozos de Tula que habían traído un colegial y se iban de vacío; que con ellos había propalado el viaje, y aun se había determinado a

---

2   Dios nos remediará. (N. del E.)

18

ajustarlo en 4 pesos, y que solo esperaban los mozos que yo confirmara el ajuste. ¿Pues no lo he de confirmar, hijo?, le dije a Andrés. Anda y llama a esos mozos ahora mismo.

Bajó Andrés como un rayo y subió luego luego con los mozos, con quienes quedé en que me habían de dar mula para mi avío y una bestia de silla para Andrés, todo lo que me ofrecieron, como también que habían de madrugar antes del alba, y se fueron a recoger.

A seguida mandé a mi criado que fuera a comprar una botella de aguardiente, queso, bizcochos y chorizones para otro día; y mientras que él volvía, hice subir la cena.

No me cansaba yo de complacerme en mi determinación de hacerme médico, viendo cuán bien se facilitaban todas las cosas, y al mismo tiempo daba gracias a Dios que me había proporcionado un criado tan fiel, vivo y servicial como Andresillo, quien en medio de estas contemplaciones fue entrando cargado con el repuesto.

Cenamos los dos amigablemente, echamos un buen trago y nos fuimos a acostar temprano, para madrugar despertando a buena hora.

A las cuatro de la mañana ya estaban los mozos tocándonos la puerta. Nos levantamos y desayunamos mientras que los arrieros cargaban.

Luego que se concluyó esta diligencia, pagué el gasto que habíamos hecho yo y mi mula, y nos pusimos en camino.

Yo no estaba acostumbrado a caminar, con esto me cansé pronto y no quise pasar de Cuautitlán, por más que los mozos me porfiaban que fuéramos a dormir a Tula.

Al segundo día llegamos al dicho pueblo, y yo posé o me hospedé en la casa de uno de los arrieros, que era un pobre viejo, sencillote y hombre de bien, a quien llamaban tío Bernabé, con el que me convine en pagar mi plato, el de Andrés y el de la mula, sirviéndole, por vía de gratificación, de médico de cámara para toda su familia, que eran dos viejas, una su mujer y otra su hermana, dos hijos grandes y una hija pequeña como de doce años.

El pobre admitió muy contento, y cátenme ustedes ya radicado en Tula y teniendo que mantener al maestro barbero, que así llamaremos a Andrés, a mí y a mi *macha*, que, aunque no era mía, yo la nombraba por tal, bien que siempre que la miraba me parecía ver delante de mí al doctor Purgante con

19

su gran bata y birrete parado, que lanzando fuego por los ojos me decía: pícaro, vuélveme mi mula, mi gualdrapa, mi golilla, mi peluca, mis libros, mi capa y mi dinero, que nada es tuyo. Tan cierto es, hijos míos, aquel principio de derecho natural que nos dice que en donde quiera que está la cosa clama por su dueño, *Ubicumque res est, pro domino suo clamat.* ¿Qué importa que el albacea se quede con la herencia de los menores porque éstos no son capaces de reclamarla? ¿Qué conque el usurero retenga los lucros? ¿Qué conque el comerciante se engrandezca con las ganancias ilícitas? ¿Ni qué conque otros muchos, valiéndose de su poder o de la ignorancia de los demás, disfruten procazmente los bienes que les usurpan? Jamás los gozarán sin zozobras, ni por más que disimulen podrán acallar su conciencia que incesantemente les gritará: esto no es tuyo, esto es mal habido; restitúyelo o perecerás eternamente.

Así me sucedía con lo que le hurté a mi pobre amo; pero como los remordimientos interiores rara vez se conocen en la cara, procuré asentar mi conducta de buen médico en aquel pueblo, prometiendo interiormente restituirle al doctor todos sus muebles en cuanto tuviera proporción. Bien que en esto no hacía yo más que ir con la corriente.

Como no se me habían olvidado aquellos principios de urbanidad que me enseñaron mis padres, a los dos días luego que descansé me informé de quiénes eran los sujetos principales del pueblo, tales como el cura y sus vicarios, el subdelegado y su director, el alcabalero, el administrador de correos, tal cual tendero y otros señores decentes; y a todos ellos envié recado con el bueno de mi patrón y Andrés, ofreciéndoles mi persona e inutilidad.

Con la mayor satisfacción recibieron todos la noticia correspondiendo corteses mi cumplimiento, y haciéndome mis visitas de estilo, las que yo también les hice de noche vestido de ceremonia, quiero decir, con mi capa de golilla, la golilla misma y mi peluca encasquetada, porque no tenía traje mejor ni peor, siendo lo más ridículo que mis medias eran blancas, todo el vestido de color y los zapatos abotinados, con lo que parecía más bien alguacil que médico; y para realzar mejor el cuadro de mi ridiculez, hice andar conmigo a Andrés con el traje que le compré, que os acordareis que era chupa y medias negras, calzones verdes, chaleco encarnado, sombrero blanco y su capotillo azul rabón y remendado.

20

Ya los señores principales me habían visitado, según dije, y habían formado de mí el concepto que quisieron; pero no me había visto el común del pueblo vestido de punta en blanco ni acompañado de mi escudero; mas el domingo que me presenté en la iglesia vestido a mi modo entre médico y corchete, y Andrés entre tordo y perico, fue increíble la distracción del pueblo, y creo que nadie oyó misa por mirarnos, unos burlándose de nuestras extravagantes figuras, y otros admirándose de semejantes trajes. Lo cierto es que cuando volví a mi posada fue acompañado de una multitud de muchachos, mujeres, indios, indias y pobres rancheros que no cesaban de preguntar a Andrés ¿quiénes éramos? Y él muy mesurado les decía: este señor es mi amo, se llama el señor doctor don Pedro Sarmiento, y médico como él no lo ha parido el reino de Nueva España; y yo soy su mozo, me llamo Andrés Cascajo y soy maestro barbero, y muy capaz de afeitar a un capón, de sacarle sangre a un muerto y desquijarar a un león si trata de sacarse alguna muela.

Estas conversaciones eran a mis espaldas, porque yo a fuer de amo no iba lado a lado con Andrés, sino por delante y muy gravedoso y presumido escuchando mis elogios; pero por poco me hecho a reír a dos carrillos cuando oí los despropósitos de Andrés, y advertí la seriedad con que los decía, y la sencillez de los muchachos y gente pobre que nos seguía colgados de la lengua de mi lacayo.

Llegamos a la casa entre la admiración de nuestra comitiva, a la que despidió el tío Bernabé con buen modo diciéndoles que ya sabían dónde vivía el señor doctor para cuando se les ofreciera. Con esto se fueron retirando todos a sus casas y nos dejaron en paz.

De los mediecillos que me sobraron compré por medio del patrón unas cuantas varas de pontiví y me hice una camisa y otra a Andrés, dándole a la vieja casi el resto para que nos dieran de comer algunos días, sin embargo del primer ajuste.

Como en los pueblos son muy noveleros, lo mismo que en las ciudades, al momento corrió por toda aquella comarca la noticia de que había médico y barbero en la cabecera, y de todas partes iban a consultarme sobre sus enfermedades.

Por fortuna los primeros que me consultaron fueron de aquellos que sanan aunque no se curen, pues les bastan los auxilios de la sabia naturaleza, y otros padecían porque o no querían o no sabían sujetarse a la dieta que les interesaba. Sea como fuere, ellos sanaron con lo que les ordené, y en cada uno labré un clarín a mi fama.

A los quince o veinte días ya yo no me entendía de enfermos, especialmente indios, los que nunca venían con las manos vacías, sino cargando gallinas, frutas, huevos, verduras, quesos y cuanto los pobres encontraban. De suerte que el tío Bernabé y sus viejas estaban contentísimos con su huésped. Yo y Andrés no estábamos tristes, pero más quisiéramos monedas, sin embargo de que Andrés estaba mejor que yo, pues los domingos desollaba indios a medio real que era una gloria, llegando a tal grado su atrevimiento que una vez se arriesgó a sangrar a uno y por accidente quedó bien. Ello es que con lo poco que había visto y el ejercicio que tuvo se le agilitó la mano en términos que un día me dijo: hora sí, señor, ya no tengo miedo, y soy capaz de afeitar al *Sursum-corda*.

Volaba mi fama de día en día, pero lo que me encumbró a los cuernos de la Luna fue una curación que hice (también de accidente como Andrés) con el alcabalero, para quien una noche me llamaron a toda prisa.

Fui corriendo, y encomendándome a Dios para que me sacara con bien de aquel trance, del que no sin razón pensaba que pendía mi felicidad.

Llevé conmigo a Andrés con todos sus instrumentos, encargándole en voz baja, porque no lo oyera el mozo, que no tuviera miedo como yo no lo tenía; que para el caso de matar a un enfermo lo mismo tenía que fuera indio que español, y que nadie llevaba su pelea más segura que nosotros; pues si el alcabalero sanaba, nos pagarían bien y se aseguraría nuestra fama; y si se moría, como de nuestra habilidad se podía esperar, con decir que ya estaba de Dios y que se le había llegado su hora estábamos del otro lado, sin que hubiera quien nos acusara del homicidio.

En estas pláticas llegamos a la casa, que la hallamos hecha una Babilonia, porque unos entraban, otros salían, otros lloraban y todos estaban aturdidos.

A este tiempo llegó el señor cura y el padre vicario con los santos óleos. Malo, dije a Andrés, ésta es enfermedad ejecutiva. Aquí no hay medio, o quedamos bien o quedamos mal. Vamos a ver cómo nos sale este albur.

22

Entramos todos juntos a la recámara y vimos al enfermo tirado boca arriba en la cama, privado de sentidos, cerrados los ojos, la boca abierta, el semblante denegrido y con todos los síntomas de un apoplético.

Luego que me vieron junto a la cama la señora su esposa y sus niñas, se rodearon de mí y me preguntaron hechas un mar de lágrimas: ¡ay, señor!, ¿qué dice usted, se muere mi padre? Yo, afectando mucha serenidad de espíritu y con una confianza de un profeta, les respondí: callen ustedes, niñas, ¡qué se ha de morir! Éstas son efervescencias del humor sanguíneo que oprimiendo los ventrículos del corazón embargan el cerebro porque cargan con el *pondus* de la sangre sobre la espina medular y la trachiarteria; pero todo esto se quitará en un instante, pues *si evaquatio fit, recedet pletora*, «con la evacuación nos libraremos de la plétora».

Las señoras me escuchaban atónitas, y el cura no se cansaba de mirarme de hito en hito, sin duda mofándose de mis desatinos, los que interrumpió diciendo: señoras, los remedios espirituales nunca dañan ni se oponen a los temporales. Bueno será absolver a mi amigo por la bula y olearlo, y obre Dios.

Señor cura, dije yo con toda la pedantería que acostumbraba, que era tal que no parecía sino que la había aprendido con escritura, señor cura, usted dice bien, y yo no soy capaz de introducir mi hoz en mies ajena; pero *venia tanti*, digo que esos remedios espirituales no solo son buenos, sino necesarios, *necesitate medii y necesitate praecepti in articulo mortis*,[3] *sed sic est* que no estamos en ese caso; *ergo* etc.

El cura, que era harto prudente e instruido, no quiso hacer alto en mis charlatanerías, y así me contestó: señor doctor, el caso en que estamos no da lugar a argumentos porque el tiempo urge; yo sé mi obligación y esto importa.

Decir esto y comenzar a absolver al enfermo y el vicario a aplicarle el santo sacramento de la unción, todo fue uno. Los dolientes, como si aquellos socorros espirituales fueran el fallo cierto de la muerte de su deudo, comenzaron a aturdir la casa a gritos; luego que los señores eclesiásticos concluyeron sus funciones, se retiraron a otra pieza cediéndome el campo y el enfermo.

---

3   Como medio necesario para la salvación y por la obligación de cumplir el precepto en artículo de muerte. Pero es así que etc. (N. del E.)

Inmediatamente me acerqué a la cama, le tomé el pulso, miré a las vigas del techo por largo rato, después le tomé el otro pulso haciendo mil monerías como eran: arquear las cejas, arrugar la nariz, mirar al suelo, morderme los labios, mover la cabeza a uno y a otro lado y hacer cuantas mudanzas pantomímicas me parecieron oportunas para aturdir a aquellas gentes que, puestos los ojos en mí, guardaban un profundo silencio teniéndome sin duda por un segundo Hipócrates; a lo menos ésa fue mi intención, como también ponderar el gravísimo riesgo del enfermo y lo difícil de la curación, arrepentido de haberles dicho que no era cosa de cuidado.

Acabada la tocada del pulso, le miré el semblante atentamente, le hice abrir la boca con una cuchara para verle la lengua, le alcé los párpados, le toqué el vientre y los pies, e hice dos mil preguntas a los asistentes sin acabar de ordenar ninguna cosa, hasta que la señora, que ya no podía sufrir mi cachaza, me dijo: por fin, señor, qué dice usted de mi marido, ¿es de vida o de muerte?

Señora, le dije, no sé de lo que será; solo Dios puede decir que es de vida y resurrección como lo fue *Lazarum quem resucitavit a monumento foetidum*,[4] y si lo dice, vivirá aunque esté muerto. *Ego sum resurrectio et vita, qui creidit in me, etiam si mortuus fuerit, vivet.*[5] ¡Ay, Jesús!, gritó una de las niñas, ya se murió mi padrecito.

Como ella estaba junto del enfermo, su grito fue tan extraño y doloroso y calló privada de la silla, pensamos todos que en realidad había expirado, y nos rodeamos de la cama.

El señor cura y el vicario al oír la bulla entraron corriendo y no sabían a quién atender, si al apoplético o a la histérica, pues ambos estaban privados. La señora ya medio colérica me dijo: déjese usted de latines, y vea si cura o no cura a mi marido. ¿Para qué me dijo cuando entró que no era cosa de cuidado y me aseguró que no se moría? Yo lo hice, señora, por no afligir a usted, le dije; pero no había examinado al enfermo *methodice vel juxta artis nostrae praecepta*, esto es, «con método o según las reglas del arte»; pero encomiéndese usted a Dios y vamos a ver.

---

4   Resucitó a Lázaro ya corrompido el sepulcro. (N. del E.)
5   Yo soy la resurrección y la vida, y el que cree en mí vivirá, aunque ya esté muerto. (N. del E.)

24

Primeramente que se ponga una olla grande de agua a calentar. Eso sobra, dijo la cocinera. Pues bien, maestro Andrés, continué yo, usted como buen flebotomiano dele luego luego un par de sangrías de la vena cava.

Andrés, aunque con miedo y sabiendo tanto como yo de venas cavas, le ligó los brazos y le dio dos piquetes que parecían puñaladas, con cuyo auxilio al cabo de haberse llenado dos porcelanas de sangre, cuya profusión escandalizaba a los espectadores, abrió los ojos el enfermo y comenzó a conocer a los circunstantes y a hablarles.

Inmediatamente hice que Andrés aflojara las vendas y cerrara las cisuras, lo que no costó poco trabajo, ¡tales fueron de prolongadas!

Después hice que se le untase vino blanco en el cerebro y pulsos, que se le confortara el estómago por dentro con atole de huevos y por fuera con una tortilla de los mismos, condimentada con aceite rosado, vino, culantro y cuantas porquerías se me antojaron, encargando mucho que no lo resupinaran.

¿Qué es eso de resupinar, señor doctor?, preguntó la señora; y el cura sonriéndose le dijo: que no lo tengan boca arriba. Pues tatita, por Dios, siguió la matrona, hablemos en lengua que nos entendamos como la gente.

A ese tiempo ya la niña había vuelto de su desmayo y estaba en la conversación; y luego que oyó a su madre dijo: sí, señor, mi madre dice muy bien; sepa usted que por eso me privé en denantes, porque como empezó a rezar aquello que los padres les cantan a los muertos cuando los entierran, pensé que ya se había muerto mi padrecito y que usted le cantaba la vigilia.

Riose el cura de gana por la sencillez de la niña y los demás lo acompañaron, pues ya todos estaban contentos al ver al señor alcabalero fuera de riesgo, tomando su atole y platicando muy sereno como uno de tantos.

Le prescribí su régimen para los días sucesivos, ofreciéndome a continuar su curación hasta que estuviera enteramente bueno.

Me dieron todos las gracias, y al despedirme la señora me puso en la mano una onza de oro, que yo la juzgué peso en aquel acto, y me daba al diablo de ver mi acierto tan mal pagado; y así se lo iba diciendo a Andrés, el que me dijo: no señor, no puede ser plata, sobre que a mí me dieron 4 pesos. En efecto, dices bien, le contesté, y acelerando el paso llegamos a la casa donde vi que era una onza de oro amarilla como un azafrán refino.

25

No es creíble el gusto que yo tenía con mi onza, no tanto por lo que ella valía, cuanto porque había sido el primer premio considerable de mi habilidad médica, y el acierto pasado me proporcionaba muchos créditos futuros como sucedió. Andrés también estaba muy placentero con sus cuatro duros aún más que con su destreza; pero yo, más hueco que un calabazo, le dije: ¿qué te parece, Andresillo? ¿Hay facultad más fácil de ejercitar que la medicina? No en balde dice el refrán que de médico, poeta y loco todos tenemos un poco; pues si a este poco se junta un sí es no es de estudio y aplicación, ya tenemos un médico consumado. Así lo has visto en la famosa curación que hice en el alcabalero, quien, si por mí no fuera, a la hora de ésta ya habría estacado la zalea.

En efecto, yo soy capaz de dar lecciones de medicina al mismo Galeno amasado con Hipócrates y Avicena, y tú también las puedes dar en tu facultad al protosangrador del universo.

Andrés me escuchaba con atención, y luego que hice punto me dijo: señor, como no sea todo en su merced y en mi *chiripa*,[6] no estamos muy mal. ¿Qué llamas *chiripa*?, le pregunté; y él muy socarrón me respondió: pues *chiripa* llamo yo una cosa así como que no vuelva usted a hacer otra cura ni yo a dar otra sangría mejor. A lo menos yo por lo que hace a mí estoy seguro de que quedé bien de *chiripa*, que por lo que mira a su mercé no será así, sino que sabrá su obligación.

Y cómo que la sé, le dije: ¿pues y qué te parece que ésta es la primera zorra que desuello? Que me echen apopléticos a miles a ver si no los levanto «en el momento», *ipso facto*, y no digo apopléticos, sino lazarinos, tiñosos, gálicos, gotosos, parturientas, tabardillentos, rabiosos y cuantos enfermos hay en el mundo. Tú también lo haces con primor, pero es menester que no corras tanto los dedos ni profundices la lanceta, no sea que vayas a trasvenar a alguno, y por lo demás no tengas cuidado que tú saldrás a mi lado no digo barbero, sino médico, cirujano, químico, botánico, alquimista, y, si me das gusto y sirves bien, saldrás hasta astrólogo y nigromántico.

Dios lo haga así, dijo Andrés, para que tenga qué comer toda mi vida y para mantener mi familia, que ya estoy rabiando por casarme.

---

6   Voz de que se usaba en los trucos, y después en el juego del billar, para dar a entender que un lance salió bien por casualidad, y no por destreza del jugador. (N. del E.)

En estas pláticas nos quedamos dormidos, y al día siguiente fui a visitar a mi enfermo, que ya estaba tan aliviado que me pagó un peso y me dijo que ya no me molestara, que si se ofrecía algo me mandarían llamar; porque éste es el modito de despedir a los médicos pegostes, o pegados en las casas por las pesetas.

Como lo pensé sucedió. Luego que se supo entre los pobres el feliz éxito del alcabalero en mis manos, comenzó el vulgo a celebrarme y recomendarme a boca llena, porque decían: pues los señores principales lo llaman, sin duda es un médico de lo que no hay. Lo mejor era que también los sujetos distinguidos se clavaron y no me escaseaban sus elogios.

Solo el cura no me tragaba; antes decía al subdelegado, al administrador de correos, y a otros, que yo sería buen médico, pero que él no lo creía porque era muy pedante y charlatán, y quien tenía estas circunstancias, o era muy necio o muy pícaro, y de ninguna manera había que fiar de él, fuera médico, teólogo, abogado o cualquier cosa. El subdelegado se empeñaba en defenderme diciendo que era natural a cada uno explicarse con los términos de su facultad, y esto no debía llamarse pedantismo.

Yo convengo en eso, decía el cura, pero haciendo distinción de los lugares y personas con quienes se habla; porque si yo, predicando sobre la observancia del séptimo precepto, por ejemplo, repito sin explicación las voces de enfiteusis, hipotecas, constitutos, precarios, usuras paliadas, pactos, retrovendiciones y demás, seguramente que seré un pedante, pues debo conocer que en este pueblo apenas habrá dos que me entiendan; y así debo explicarme, como lo hago, en unos términos claros que todos los comprendan; y sobre todo, señor subdelegado, si usted quiere ver como ese médico es un ignorante, disponga que nos juntemos una noche acá con pretexto de una tertulia, y le prometo que lo oirá disparar alegremente.

Así lo haremos, dijo el subdelegado; pero ¿y qué diremos de la curación que hizo la otra noche? Yo diré sin escrúpulo, respondió el cura, que ésa fue casualidad y el huevo juanelo. ¿Es posible? Sí, señor subdelegado, ¿no ve usted que la gordura y robustez del enfermo, la dureza de su pulso, lo denegrido de su semblante, el adormecimiento de sus sentidos, la respiración agitada y todos los síntomas que se le advertían indicaban la sangría? Pues ese remedio lo hubiera dictado la vieja más idiota de mi feligresía.

27

Pues bien, dijo el subdelegado, yo deseo oír una conversación sobre la medicina entre usted y él. La aplazaremos para el 25 de éste. Está muy bien, contestó el cura, y hablaron de otra cosa.

Esta conversación, o a lo menos su sustancia, me la refirió un mozo que tenía el dicho subdelegado, a quien había yo curado de una indigestión sin llevarle nada, porque el pobre me granjeaba contándome lo que oía hablar de mí en la casa de su amo.

Yo le di las gracias, y me dediqué a estudiar en mis librejos para que no me cogiera el acto desprevenido.

En este intermedio me llamaron una noche para la casa de don Ciriaco Redondo, el tendero más rico que había en el pueblo, quien estaba acabando de cólico. Coge la jeringa, le dije a Andrés, por lo que sucediere, que ésta es otra aventura como la de la otra noche. Dios nos saque con bien.

Tomó Andrés su jeringa y nos fuimos para la casa, que la hallamos como la del alcabalero de revuelta; pero había la ventaja de que el enfermo hablaba.

Le hice mil preguntas pedantescas, porque yo las hacía a miles, y por ellas me informé de que era muy goloso y se había dado una atracada del demonio.

Mandé cocer malvas con jabón y miel, y ya que estuvo esta diligencia practicada le hice tomar una buena porción por la boca, a lo que el miserable se resistía y sus deudos, diciéndome que eso no era vomitorio, sino ayuda. Tómela usted, señor, le decía yo muy enfadado, ¿no ve que si es ayuda, como dice, ayuda es tomada por la boca y por todas partes? Así pues, señor mío, o tomar el remedio o morirse.

El triste enfermo bebió la asquerosa poción con tanto asco, que con él tuvo para volver la mitad de las entrañas; pero se fatigó demasiado y, como el infarto estaba en los intestinos, no se le aliviaba el dolor.

Entonces hice que Andrés llenara la jeringa y le mandé franquear el trasero. En mi vida, dijo el enfermo, en mi vida me han andado por ahí. Pues amigo, le respondí, en su vida se habrá visto más apurado, ni yo en la mía, ni en los años que tengo de médico, he visto cólico más renuente, porque sin duda el humor es muy denso y glutinoso; pero hermano mío, el clister importa, el clister, no menos que «como la salud única a los vencidos, y si no, no hay que esperar más», porque una *salus victis nullam sperare salu-*

28

tem; y así, «si con el medicamento que prescribe no sana, ocurriremos a la lanceta abriendo los intestinos, y después cauterizándolos con una plancha ardiendo, y si estas diligencias no valen, no queda más que hacer que pagar al cura los derechos del entierro, porque la enfermedad es incurable», según Hipócrates, *ubi medicamentum non sanat, ferrum sanat; ubi ferrum non sanat, ignis sanat; ubi ignis non sanat, incurabile morbus.*

Pues señor, dijo el paciente haciéndole bajo sus parientes, que se eche la lavativa si en eso consiste mi salud. *Amen dico vobis*, contesté, e inmediatamente mandé que se salieran todos de la recámara por la honestidad, menos la esposa del enfermo. Llenó Andrés su jeringa y se puso a la operación; pero ¡que Andrés tan tonto para esto de echar ayudas! Imposible fue que hiciera nada bueno. Toda la derramaba en la cama, lastimaba al enfermo y nada se hacía de provecho, hasta que yo, enfadado de su torpeza, me determiné a aplicar el remedio por mi mano, aunque jamás me había visto en semejante operación.

Sin embargo, olvidándome de mi ineptitud, cogí la jeringa, la llené del cocimiento, y con la mayor decencia le introduje el cañoncillo por el ano; pero fuérase por algún más talento que yo tenía que Andrés, o por la aprehensión del enfermo que obraba a mi favor, iba recibiendo más cocimiento, y yo lo animaba diciéndole: apriete usted el resuello, hermano, y recíbala cuan caliente pueda, que en esto consiste su salud.

El afligido enfermo hizo de su parte lo que pudo (que en esto consiste las más veces el acierto de los mejores médicos), y al cuarto de hora o menos hizo una evacuación copiosísima, como quien no había desahogado el vientre en tres días.

Inmediatamente se alivió, como dijo; pero no fue sino que sanó perfectamente, pues quitada la causa cesa el efecto.

Me colmaron de gracias, me dieron 12 pesos, y yo me fui a mi posada con Andrés, a quien en el camino le dije: mira que me han dado 12 pesos en la casa del más rico del pueblo, y en la casa del alcabalero me dieron una onza; ¿que será más rico o más liberal el alcabalero? Andrés, que era socarrón, me respondió: en lo rico no me meto, pero en lo liberal sin duda que lo es más que don Ciriaco Redondo.

29

¿Y en qué estará eso, Andrés?, le pregunté, porque el más rico debe ser más liberal. Yo no lo sé, dijo Andrés, a no ser que sea porque los alcabaleros, cuando quieren, son más ricos que nadie de los pueblos, porque ellos manejan los caudales del rey y las cuentas las hacen como quieren. ¿No ve usted que la alcabala que llaman del viento proporciona una cuenta inaveriguable? Suponga usted del real o dos que cobran por cada una de las cabezas que se matan en el pueblo, ya sea de toros o vacas, ya de carneros o cerdos, ¿quién les va a hacer cuenta de esto? Suponga usted las introducciones de cosas que no traen guías, sino un simple pase por razón de su poco importe, como también los contrabanditos que se ofrecen, en los que se entra en composición con el arriero, y, por último, aquellos picos de los granos que en un alcabalatorio suben mucho al fin del año, pues si un real tiene doce granos y el arriero debe por la factura siete granos, se le cobra un real, y si entran mil arrieros se les cobra mil reales. Esto me contaba mi tío, que fue alcabalero muchos años, y decía que las alcabalas del viento valían más que los ajustes.

En esto llegamos a la posada; Andrés y yo cenamos muy contentos, gratificando a los dueños de la casa, y nos acostamos a dormir.

Continuamos en bonanza como un mes, y en este tiempo proporcionó el subdelegado la sesión que quería el cura que tuviera yo con él; pero si queréis saber cuál fue, leed el capítulo que sigue.

Capítulo II. Cuenta Periquillo varios acaecimientos que tuvo en Tula, y lo que hubo de sufrir al señor cura

Crecía mi fama de día en día con estas dos estupendas curaciones, granjeándome buen concepto hasta con los que no se tenían por vulgares. Tiempo me faltaba para ordenar medicamentos en mi casa, y ya era cosa que me chiqueaba mucho para salir a hacer una visita fuera del pueblo, y eso cuando me la pagaban bien.

Aumentó mis créditos un boticoncillo y una herramienta de barbero que envié a comprar a México, que junta con un exterior más decente, que tenía algo de lujo, pues tomé casa aparte y recibí una cocinera y otro criado, me hacía parecer un hombre muy circunspecto y estudioso.

30

Al mismo tiempo yo visitaba pocas casas, y en ninguna me estrechaba demasiado, pues había oído decir a mi maestro el doctor Purgante que al médico no le estaba bien ser muy comadrero, porque en son de la amistad querían que curara de balde.

Con ésta y otras reglitas semejantes concernientes a los tomines, los busqué muy buenos, pues en el poco tiempo que os he dicho comimos yo, Andrés y la *macha* muy bien; nos remendamos, y llegué a tener juntos como 200 pesos libres de polvo y paja.

La gravedad y entono con que yo me manifestaba al público, los términos exóticos y pedantes de que usaba, lo caro que vendía mis drogas, el misterio con que ocultaba sus nombres, lo mucho que adulaba a los que tenían proporciones, lo caro que vendía mis respuestas a los pobres y las buenas ausencias que me hacía Andrés, contribuyeron a dilatar la fama de mi buen nombre entre los más.

A medida de lo que crecía mi crédito, se aumentaban mis monedas, y a proporción de lo que éstas se aumentaban crecía mi orgullo, mi interés y mi soberbia. A los pobres que, porque no tenían con qué pagarme, iban a mi casa, los trataba ásperamente, los regañaba y los despachaba desconsolados. A los que me pagaban dos reales por una visita los trataba casi del mismo modo, porque más duraría un cohete ardiendo que lo que yo duraba en sus casas. Es verdad que aunque me hubiera dilatado una hora no por eso quedarían mejor curados, puesto que yo no era sino un charlatán con apariencias de médico; pero como el infeliz paciente no sabe cuánta es la suficiencia del médico, o del que juzga por tal, se consuela cuando observa que se dilata en preguntar la causa de su mal y en indagar, así por sus oídos como por sus ojos, su edad, su estado, su ejercicio, su constitución y otras cosas que a los médicos como yo parecen menudencias, y no son sino noticias muy interesantes para los verdaderos facultativos.

No lo hacía yo así con los ricos y sujetos distinguidos, pues hasta se enfadaban con mis dilaciones y con las monerías que usaba por afectar que me interesaba demasiado en su salud; pero ¿qué otra cosa había de hacer cuando no había aprendido más de mi famoso maestro el doctor Purgante?

Sin embargo de mi ignorancia, algunos enfermos sanaban por accidente, aunque eran más sin comparación los que morían por mis mortales reme-

31

dios. Con todo esto, no se minoraba mi crédito por tres razones: la primera, porque los más que morían eran pobres, y en éstos no es notable ni la vida ni la muerte; la segunda, porque ya había yo criado fama, y así me echaba a dormir sin cuidado, aunque matara más tultecos que sarracenos el Cid; y la tercera, y que más favorece a los médicos, era: porque los que sanaban ponderaban mi habilidad, y los que se morían no podían quejarse de mi ignorancia, con lo que yo lograba que mis aciertos fueran públicos y mis erradas las cubriera la tierra; bien que si me sucede lo que a Andrés, seguramente se acaba mi bonanza antes de tiempo.

Fue el caso que, desde antes que llegáramos a Tula, ya el cura, el subdelegado y demás personas de la plana mayor, habían encargado a sus amigos que les enviaran un barbero de México. Luego que experimentaron la áspera mano de Andrés, insistieron en su encargo con tanto empeño que no tardó mucho en llegar el maestro Apolinario, que en efecto estaba examinado y era instruido en su facultad.

Andrés, luego que lo conoció y lo vio trabajar, le tuvo miedo y, con más juicio y viveza que yo, un día lo fue a ver y le contó su aventura lisa y llanamente, diciéndole que él no era sino aprendiz de barbero, que no sabía nada, que lo que hacía en aquel pueblo era por necesidad, que él deseaba aprender bien el oficio, y que si se lo quería enseñar se lo agradecería y lo serviría en lo que pudiera.

Esta súplica la acompañó con el estuche que le había yo comprado, con el que se dio por muy granjeado el maestro Apolinario, y desde luego le ofreció a Andrés tenerlo en su casa, mantenerlo y enseñarle el oficio con eficacia y lo más presto que pudiera.

A seguida le preguntó ¿qué tal médico era yo? A lo que Andrés le respondió que a él le parecía que muy bueno, y que había visto hacer unas curaciones prodigiosas.

Con esto se despidió del barbero para ir a hacer la misma diligencia conmigo, pues me dijo todo lo que había pasado y su resolución de aprender bien el oficio: porque al cabo, señor, yo conozco que soy un bruto; este otro es maestro de veras, y así o la gente me quita de barbero no ocupándome, o me quita él pidiéndome la carta de examen, y de cualquier manera yo me

32

quedo sin crédito, sin oficio y sin qué comer; así he pensado irme con él, a bien que ya su merced tiene mozo.

Algo extrañaba yo a Andrés, pero no quise quitarle de la cabeza su buen propósito; y así pagándole su salario y gratificándole con 6 pesos lo dejé ir.

En esos días me llamaron de casa de un viejo reumático, a quien le di, según mi sistema, seis o siete purgas, le estafé 25 pesos y lo dejé peor de lo que estaba.

Lo mismo hice con otra vieja hidrópica, a la que abrevié sus días con seis onzas de ruibarbo y maná, y dos libras de cebolla albarrana.

De estas gracias hacía muy a menudo, pero el vulgo ciego había dado en que yo era buen médico, y por más gritos que les daban las campanas no despertaban de su adormecimiento.

Llegó por fin el día aplazado por el subdelegado para oírme disputar con el cura, y fue el 25 de Agosto, pues con ocasión de haber ido yo a darle los días por ser el de su santo, me detuvo a comer con mil instancias, las que no pude desairar.

Bien advertí que toda la corte estaba en su casa, sin faltar el padre cura; pero no me di por entendido de que sabía lo que hablaba de mí, satisfecho en que, por mucho que él supiera, no había de tener de medicina las noticias que yo.

Con este necio orgullo me senté a la mesa luego que fue hora, y comí y brindé a la salud del caballero subdelegado en compañía de aquellos se- ñores repetidas veces, haciendo reír a todos con mis pedanterías; menos al cura, que se tostaba de estas cosas.

El subdelegado estaba bien quisto; con esto la mesa estaba llena de los principales sujetos del pueblo con sus señoras. La prevención era franca, los platos muchos y bien sazonados. Se menudeaban los brindis y los vivas, los vasos no estaban muy seguros por los frecuentes coscorrones que llevaban con los tenedores y cuchillos, y las cabezas se iban llenando del tufo de las uvas.

A este tiempo fue entrando el gobernador de indios con sus oficiales de república, prevenidos de tambor, chirimías y de dos indios cargados con gallinas, cerdos y dos carneritos.

Luego que entraron, hicieron sus acostumbradas reverencias besando a todos las manos, y el gobernador le dijo al subdelegado: señor mayor, que los pase su mercé muy felices en compañía de estos señores, para amparo de este pueblo.

Inmediatamente le dio el xóchitl, que es un ramillete de flores, en señal de su respeto, y un papel mal picado y pintado con un al parecer verso.

Todo el congreso se alborotó, y se trató de que se leyera públicamente. Uno de los padres vicarios se prestó a ello y, guardando todos un perfecto silencio, comenzó a leer el siguiente

Suñeto
Los probes hijos del pueblo
Con prósperas alegrías,
Te lo venimos a dar los días
Con carneros y cochinos.
Recibalosté placenteros
Con interés to mercé
Como señor josticiero,
Perdonando nuestro afeuto
Las faltas de este suñeto
Porque los vivas mil años

Y después su gloria eternamente. Todos celebraron el *suñeto*, repitiendo los vivas al subdelegado, y los repiques en los platos y vasos, mezclados con empinar la copa, unos más, otros menos, según su inclinación.

El señor cura llenó un vasito y se lo dio al gobernador diciéndole: toma, hijo, a la salud del señor subdelegado; quien mandó que en la pieza inmediata se diese de comer al señor gobernador y a la república.

Tomó éste su vasito de vino, se repitió el brindis y algazara en la mesa, aumentando el alboroto el desagradable ruido del tambor y chirimías, que ya nos quebraba las cabezas, hasta que quiso Dios que llamaran a comer a aquella familia.

34

Luego que se retiraron los indios, comenzaron todos a celebrar el *suñeto* que andaba de mano en mano; pero con disimulo, porque no lo advirtieran los interesados.

Con este motivo fue rodando la conversación de discurso en discurso, hasta tocarse sobre el origen de la poesía, asunto que una señorita nada lerda pidió a un vicario, que tenía fama de poeta, que lo explicara, y éste sin hacerse del rogar dijo: señorita, lo que yo sé en el particular es que la poesía es antiquísima en el mundo. Algunos fijan su origen en Adán, añadiendo que *Jubal* hijo de Lamech fue el padre de los poetas, fundando su opinión en un texto de la Escritura que dice que *Jubal fue el padre de los que cantaban con el órgano y la cítara*, porque los antiguos bien conocieron que eran hermanas la música y la poesía; y tanto que hubo quien escribiera que Osiris, rey de Egipto, era tan aficionado a la música que llevaba en su ejército muchas cantoras, entre las que sobresalieron nueve, a quienes los griegos llamaron *musas* por antonomasia.

Lo cierto es que por la historia más antigua del mundo, que es la de Moisés, sabemos que los hebreos poseyeron este arte divino antes que ninguna nación. Después del diluvio renació entre los egipcios, caldeos y griegos. De éstos, los últimos la cultivaron con mucho empeño, y fue propagándose por todas las naciones según su genio, clima o aplicación. De manera que no tenemos noticia que haya habido en el mundo ninguna, por bárbara que haya sido, que no haya tenido no solo conocimiento del arte poética, sino a veces poetas excelentes. En tiempo del paganismo de esta América, conocieron los indios este arte sublime y el de la música; tenían sus danzas o mitotes en las que cantaban sus poemas a sus dioses, y aun hubo entre ellos tan elegantes poetas que uno sentenciado a muerte compuso la víspera del sacrificio un poema tan tierno y tan patético que cantado por él mismo fue bastante a enternecer al juez que lo escuchaba y a obligarlo a revocar la sentencia, que vale tanto como decir que era tan buen poeta que con sus versos se redimió de la muerte y se prolongó la vida. Este caso nos lo refiere el caballero Boturini en su *Idea de la historia de las Indias*.

Es cierto que, aunque no hasta el punto de enternecer a un tirano, lo que es mucho, pero es cosa muy antigua y sabida lo que influye la poesía en el corazón humano, y más acompañada de la música. Por eso, para confirma-

35

ción de esta verdad, se cuenta en la fábula que Orfeo venció y amansó leones, tigres y otras fieras, y que Anfión reedificó los muros de Tebas, ambos con el canto, la cítara y la lira, para significar que era tan soberano el poder de la música y la poesía que ellas solas bastaron para reducir a la vida civil hombres salvajes, feroces y casi brutos.

A fe que no hará otro tanto, dijo el subdelegado, el autor de nuestro *suñeto*, aunque se acompañara para cantarlo con la dulce música del tambor o chirimía. Riose la facetada del subdelegado, y éste, queriendo oírme disparar por ver enojado al cura, me dijo: ¿qué dice usted, señor doctor, de estas cosas?

Yo quería quedar bien y dar mi voto en todo, aun en lo que no entendía, habiéndoseme olvidado las lecciones que el otro buen vicario me dio en la hacienda; pero no sabía palabra de cuanto se acababa de hablar. Sin embargo, venció mi vanidad a mi propio conocimiento, y con mi acostumbrado orgullo y pedantería dije: no hay duda en que se ha hablado muy bien; pero la poesía es más antigua de lo que el señor Vicario ha dicho, pues a lo más que la ha hecho subir es hasta Adán, y yo creo que antes que hubiera Adán ya había poetas.

Escandalizáronse todos con este desatino, y más que todos el cura, que me dijo: ¿cómo podía haber poetas sin haber hombres? Sí señor, le respondí muy sereno, pues antes que hubiera hombres hubo ángeles, y éstos luego que fueron criados entonaron himnos de alabanzas al Criador, y claro está que si cantaron fue en verso, porque en prosa no es común cantar; y si cantaron versos, ellos los compusieron, y si los compusieron los sabían componer, y si los sabían componer eran poetas. Conque vean ustedes si la poesía es más antigua que Adán.

El cura, al oír esto, no más meneó la cabeza y no me replicó una palabra; de los demás, unos se sonrieron y otros admiraron mi argumento, y más cuando el subdelegado prosiguió diciendo: no hay duda, no hay duda; el doctorcito nos ha convencido y nos ha enseñado un retazo de erudición admirable y jamás oído. ¡Vean ustedes cuánto se han calentado la cabeza los anticuarios por indagar el origen de la poesía, fijándolo unos en Jubal, otros en Débora, otros en Moisés, otros en los Caldeos, otros en los Egipcios, en los Griegos otros, y todos permaneciendo tenaces en sus sistemas sin poder

36

convenirse en una cosa, y el doctor don Pedro nos ha sacado de esta confusa Babilonia tirando la barra cien varas más allá de los mejores anticuarios e historiadores, y ensalzándola sobre las nubes, pues la hace ascender hasta los ángeles! Vaya, señores, brindemos esta vez a la salud de nuestro doctorcito. Diciendo esto, tomó la copa y todos hicieron lo mismo, repitiendo a su imitación: viva el médico erudito.

Ya se deja entender que en este brindis no faltó el palmoteo ni el acostumbrado repique de los vasos, platos y tenedores. Mas ¿quién creerá, hijos míos, que fuera yo tan necio y tan bárbaro que no advirtiera que toda aquella bulla no era sino el eco adulador de la irónica mofa del subdelegado? Pues así fue. Yo bebí mi copa de vino muy satisfecho... ¿qué digo?, muy hueco, pensando que aquello era no una solemne burla de mi ignorancia, sino un elogio digno de mi mérito.

¿Y que pensáis, hijos míos, que solo vuestro padre, en una edad que aún frisaba con la de muchacho, se pagaba de su opinión tan caprichosamente? ¿Creéis que solo yo y solo entonces perdonaba la mofa de los sabios suponiéndola alabanza a merced de la propia ignorancia y fanatismo? Pues no, pedazos míos, en todos tiempos y en todas edades ha habido hombres tan necios y presumidos como yo, que pagados de sí mismos han pensado que solo ellos saben, que solo ellos aciertan, y que los arcanos de la sabiduría solamente a ellos se les descubren. ¡Ay! No sé si cuando leáis mi vida con reflexión se habrá acabado esta plaga de tontos en el mundo, pero, si por desgracia durare, os advierto que observéis con cuidado estas lecciones: *hombre caprichoso, ni sabio ni bueno; hombre dócil, pronto a ser bueno y a ser sabio; hombre hablador y vano, nunca sabio; hombre callado y humilde que sujete su opinión a la de los que saben más, es bueno de positivo, esto es, es hombre de buen corazón, y está con bella disposición para ser sabio algún día.* Cuidado con mis digresiones, que quizá son las que más os importan.

El subdelegado, viendo mi serenidad, prosiguió diciendo: doctorcito, según la opinión de usted y la del padre vicario, la poesía es una ciencia o arte divino; pues habiendo sido infusa a los ángeles o a los hombres, porque los primeros ni los segundos no tuvieron de quién imitarla, claro es que solo el Autor de lo criado pudo infundirla; y en este caso, díganos usted, ¿por qué en unas naciones son más comunes los poetas que en otras, siendo todas

37

hijas de Adán? Porque no hay remedio, entre los italianos si no abundan los mejores poetas, a lo menos abundan los más fáciles, como son los improvisadores, gente prontísima que versifica de repente y acaso multitud de versos.

Vime atacado con esta pregunta, pues yo no sabía disolver la dificultad, y así huyéndole el cuerpo respondí: señor subdelegado, no entro en el argumento porque la verdad no creo que haya habido, ni pueda haber semejantes poetas repentinos o improvisadores como usted les llama. Por tanto sería menester convencerme de su realidad para que entráramos en disputa, pues *prius est esse quam taliter esse*, primero es que exista la cosa, y después que exista de esto o del otro modo.

Pues en que ha habido poetas improvisadores, especialmente en Italia, no cabe duda, dijo el cura, y aun yo me admiro cómo una cosa tan sabida pudo haberse escondido a la erudición del señor doctor. Esta facilidad de versificar de repente es bien antigua. Ovidio la confiesa de sí mismo, pues llega a decir que cualquier cosa que hablaba la decía en verso, esto al mismo tiempo que procuraba no hacerlos.[7] Yo he leído lo que dice Paulo Jovio del poeta Camilo Cuerno, célebre improvisador que disfrutó por esta habilidad bastantes satisfacciones con el Papa León X. Este poeta estaba en pie junto a una ventana diciendo versos repentinos mientras comía el Pontífice, y era tanto lo que éste se agradaba de la prontitud de su vena, que él mismo le alargaba los platos de que comía, haciéndole beber de su mismo vino, solo con la condición de que había de decir dos versos lo menos sobre cada asunto que se le propusiera. De un niño que apenas sabía escribir nos refiere el padre Calasanz en su *Discernimiento de ingenios*, que trovaba cualquier pie que le daban de repente, y a veces con tal agudeza que pasmaba a los adultos sabios.

De estos ejemplares de poetas improvisadores pudieran citarse varios; pero ¿para qué nos hemos de cansar cuando todo el mundo sabe que en este mismo reino floreció uno a quien se conoció por el *negrito poeta*, y de quien los viejos nos refieren prontitudes admirables?

---

7   Scribere conavar verba soluta modis,
     Sponte sua carmen numeros veniebat ad aptos.

38

Cuéntenos usted, señor cura, dijo una niña, algunos versos del negrito poeta. Se le atribuyen muchos, dijo el cura, en todo tiene lugar la ficción; pero por darle a usted gusto referiré dos o tres de los que sé que son ciertamente suyos, según me ha confiado un viejo de México. Oigan ustedes.

Entró una vez nuestro negro en una botica donde estaba un boticario o médico hablando con un cura acerca de los cabellos, y a tiempo que entró el negro le decía: *los cabellos penden de...* El cura, que conocía al poeta, por excitar su habilidad le dijo: negrito, tienes un peso como troves esto que acaba de decir el señor, a saber: *los cabellos penden de.* El negrito con su acostumbrada prontitud dijo:

> Ya ese peso lo gané
> Si mi saber no se esconde:
> Quítese usted, no sea que
> Una viga caiga, y donde
> *Los cabellos penden, dé.*

Esto fue muy público en México. Se le dio el mismo pie para que lo trovara a la madre Sor Juana Inés de la Cruz, religiosa jerónima, célebre ingenio, y poetisa famosa en su tiempo, que mereció el epíteto de la décima Musa de Apolo; pero la dicha religiosa no pudo trovarlo y se disculpó muy bien en unas redondillas, y elogió la facilidad de nuestro poeta.[8]

---

8 Por no ser muy comunes las obras de Sor Juana, se pone aquí su contestación, que está en el tomo 2 de sus obras. (N. del E.)

Señora, aquel primer pie
Es nota de posesivo,
Y es inglosable, porque
Al caso de genitivo
Nunca se pospone el de.
Y así el que apuesta Quinti-
lla hizo y quedó tan ufa-
no, pues tiene buena ma-
no, glose esta redondi-
lla-no el sentido no topo,
Y no hay falta en el primor,

En otra ocasión, pasando cerca de él un escribano con un alguacil, se le cayó al primero un papel; lo alzó el segundo, y le preguntó el escribano ¿qué era? El alguacil respondió que un testimonio, y el negro prontamente dijo:

¿No son artes del demonio
Levantar cosa tan vil?
¿Pero cuándo un alguacil
No levanta un testimonio?

Otra ocasión entró a una casa donde estaba sobre una mesa una imagen de la Concepción... Vayan ustedes teniendo cuidado qué cosas tan disímbolas había. Una imagen de la Concepción, un cuadro de la Santísima Trinidad, otro de Moisés mirando arder la zarza, unos zapatos y unas cucharas de plata. Pues señores, el dueño de la casa, dudando de la facilidad del negro, le dijo que como todas aquellas cosas las acomodara en una estrofa de cuatro pies le daría las cucharas. No fue menester más para que el negro dijera:

Moisés para ver a Dios
Se quitó las antiparras;
Virgen de la Concepción,
Que me den estas cucharas.

Ningún concepto ni agudeza se advierte en este verso, pero la facilidad de acomodar en él tantas cosas inconexas entre sí y con algún sentido no es indigna de alabanza.

Porque es pedir a un pintor
Que copie con un hisopo.
Cualquier facultad enseña
Si es el medio desconforme,
Pues no hay músico que forme
Harmonía en una peña.
Perdonad, si fuera del
Asunto ya desvarío
Porque no quede vacío
Este campo de papel.

40

Por último, la hora de la muerte sabemos que no es hora de chanzas; pues en la de nuestro poeta manifestó éste lo genial que le era hacer versos, porque estando auxiliándolo un religioso agustino, le dijo:

Ahora sí tengo por cierto
Que la muerte viene al trote,
Pues siempre va el *zopilote*
En pos del caballo muerto.

Hemos de advertir que este pobre negro era un vulgarísimo sin gota de estudios ni erudición. He oído asegurar que ni leer sabía. Conque si en medio de las tinieblas de tanta ignorancia prorrumpía en semejantes y prontas agudezas en verso, ¿qué hubiera hecho si hubiera logrado la instrucción de los sabios, como, por ejemplo, la del señor doctor que está presente?

Buena sea la vida de usted, señor cura, le respondí. En esto se acabó la comida y se levantaron los manteles quedándonos todos platicando sobre mesa, sin dar gracias a Dios porque ya en aquella época comenzaba a no usarse; pero el subdelegado, a quien se le quemaban las habas por vernos enredar a mí y al cura en la cuestión de medicina, me dijo: ciertamente que yo deseaba oír hablar a usted y al señor cura sobre la facultad médica; porque, la verdad, nuestro párroco es opuestísimo a los médicos.

No debe serlo, dije yo medio alterado, porque el señor cura debe saber que Dios dice: que él crió la medicina de la tierra, y que el varón prudente no debe aborrecerla. *Dominus creavit de terra medicinam, et vir prudens non aborrebit eam.* Dice también que se honre al médico por la necesidad. *Honora medicum propter necesitatem.* Dice... Basta, dijo el cura, no nos amontone usted textos que yo entiendo. Catorce versículos trae el capítulo 38 del Eclesiástico en favor de los médicos; pero el décimo quinto dice que *el que delinquiere en la presencia del Dios que lo crió, caerá en las manos del médico.* Esta maldición no hace mucho honor a los médicos, o a lo menos a los médicos malos.

Muy bien sé que la medicina es un arte muy difícil; sé que el aprenderla es muy largo; que la vida del hombre aún no basta; que sus juicios son muy falibles y dificultosos; que sus experimentos se ejercitan en la respetable vida

41

de un hombre; que no basta que el médico haga lo que está de su parte, si no ayudan las circunstancias, los asistentes y el enfermo mismo en cuanto les toca; sé que esto no lo digo yo, sino el príncipe de la medicina, aquel sabio de la Isla de Coo, aquel griego Hipócrates, aquel hombre grande y sensible cuya memoria no perecerá hasta que no haya hombres sobre la tierra, aquel filántropo que vivió cerca de cien años y casi todos ellos los empleó en asistir a los míseros mortales, en indagar los vicios de la naturaleza enferma, en solicitar las causas de las enfermedades y la eficacia y elección de los remedios, y en aplicar su especulación y su práctica al objeto que se propuso, que fue procurar el alivio de sus semejantes. Sé todo esto, y sé que antes de él los míseros pacientes, destituidos de todo auxilio, se exponían a las puertas del templo de Diana en Éfeso y allí iban todos, los veían, se compadecían de ellos y les mandaban lo que se les ponía en la cabeza. Sé que los remedios que probaban para tal o tal enfermedad se escribían en unas tablas que se llamaban *de las medicinas*. Sé que el citado Hipócrates, después de haber cursado las escuelas de Atenas treinta y cinco años, desde la edad de catorce, y después de haber aprendido lo que sus médicos enseñaban, no se contentó, sino que anduvo peregrinando de reino en reino, de provincia en provincia, de ciudad en ciudad, hasta que encontró estas tablas, y con ellas y con sus repetidas observaciones hizo sus célebres aforismos. Sé que después de estos descubrimientos se hizo la medicina un estudio de interés y de venalidad, y no como antes, que se hacía por amistad del género humano.

Todo esto sé y mucho más que no refiero por no cansar a los que me oyen; pero también sé que ya en el día no se escudriña el talento necesario que se requiere para ser médico, sino que el que quiere se mete a serlo aunque no tenga las circunstancias precisas; sé que en cumpliendo los cursos prescritos por la Universidad, aunque no hayan aprovechado las lecciones de los catedráticos, y en cumpliendo el tiempo de la práctica, ganando tal vez una certificación injusta del maestro, se reciben a examen, y como tengan los examinadores a su favor, o la fortuna de responder con tino a las preguntas que les hagan, aun en el caso de procederse con toda legalidad, como lo debemos suponer en tales actos, se les da su carta de examen, y con ella la licencia de matar a todo el mundo impunemente.

Esto sé, y sé también que muchos médicos no son como deben ser, esto es, no estudian con tesón, no practican con eficacia, no observan con escrupulosidad, como debieran, la naturaleza; se olvidan de que la academia del médico y su mejor biblioteca está en la cama del enfermo más bien que en los dorados estantes, en los muchos libros y en el demasiado lujo; y mucho menos en la ridícula pedantería con que ensartan textos, autoridades y latines delante de los que no los entienden.

Sé que el buen médico debe ser buen físico, buen químico, buen botánico y anatómico; y no que yo veo que hay infinidad de médicos en el mundo que ignoran cómo se hace y qué cosa es, por ejemplo, el sulfato de sosa, y lo ordenan como específico en algunas enfermedades en que precisamente es pernicioso; que ignoran cuáles son y cómo las partes del cuerpo humano, la virtud o veneno de muchos simples, y el modo con que se descomponen o simplifican muchas cosas.

Sé también que no puede ser buen médico el que no sea hombre de bien, quiero decir, el que no esté penetrado de los más vivos sentimientos de humanidad o de amor a sus semejantes, porque un médico que vaya a curar únicamente por interés del peso o la peseta, y no con amor y caridad del pobre enfermo, seguramente éste debe tener poca confianza, y lo cierto es que por lo común así sucede.

Los médicos, cuando se examinan, juran asistir por caridad, de balde y con eficacia a los pobres: ¿y qué vemos? Que cuando éstos van a sus casas a consultarles sobre sus enfermedades sin darles nada son tratados a poco más o menos; pero si son los enfermos ricos y mandan llamar a su casa a los médicos, entonces éstos van a visitarlos con prontitud, los curan con cuidado, y a veces este cuidado suele ser con tal atropellamiento (si no hay implicación en estas palabras), que con él mismo matan a los enfermos.

Aquí hizo el señor cura una breve pausa sacando la caja de polvos, y luego que se hubo habilitado las narices de rapé, continuó diciendo lo que veréis en el capítulo siguiente.

Capítulo III. En el que nuestro Perico cuenta cómo concluyó el cura su sermón; la mala mano que tuvo en una peste y el

43

endiablado modo con que salió del pueblo, tratándose en dicho Capítulo por vía de intermedio algunas materias curiosas

No se crea, señores, continuó el cura, que yo trato de poner a los médicos en mal. La medicina es un arte celestial de que Dios proveyó al hombre; sus dignos profesores son acreedores a nuestras honras y alabanzas; pero cuando éstos no son tales como deben ser, los vituperios cargan sobre su ineptitud y su interés, no sobre la utilidad y necesidad de la medicina y sus sabios profesores. El médico docto, aplicado y caritativo es recomendable; pero el necio, el venal y que se acogió a esta facultad para buscar la vida, por no tener fuerzas para dedicarse al mecapal, es un hombre odioso y digno de reputarse por un asesino del género humano con licencia, aunque involuntaria, del Protomedicato.

A médicos como éstos desterraron de muchas provincias de Roma y otras partes como si fueran pestes, y, en efecto, no hay en un pueblo peste peor que un mal médico. Mejor sería muchas veces dejar al enfermo en las sabias manos de la naturaleza, que encomendarlo a las de un médico tonto e interesable.

Pero yo no soy de ésos, dije yo algo avergonzado porque todos me miraban, y se sonrieron. Ni yo lo digo por usted, respondió el cura, ni por Sancho, Pedro ni Martín; mi crítica no determina persona, ni jamás acostumbro tirar a ventana señalada. Hablo en común y solo contra los malos médicos, empíricos y charlatanes que abusan de un arte tan precioso y necesario de que nos proveyó el Autor de la naturaleza para el socorro de nuestras dolencias. Si usted, o alguno otro que oiga hablar de esta manera, se persuade a que se dice por él, será señal de que su conciencia lo acusa, y entonces, amigo, al que le venga el saco, que se lo ponga en hora buena. Bien es verdad que eso mismo que usted dice, de que no es de ésos, lo dicen todos los *chambones* de todas las facultades, y no por eso dejan de serlo.

Pues no señor, le interrumpí, yo no soy de ésos; yo sé mi obligación y estoy examinado y aprobado *nemine discrepante*, «con todos los votos», por el real Protomedicato de México; no ignoro que las partes de la medicina son: Fisiología, Pathología, Semeiótica y Therapéutica; sé la estructura del cuerpo humano; cuáles se llaman fluidos, cuáles sólidos; sé lo que son huesos y cartílagos, cuál es el cráneo y que se compone de ocho partes; sé cuál es el hueso occipital, la dura mater y el frontis; sé el número de las costillas, cuál es el esternón, los omóplatos; el cóccix, las tibias; sé qué cosa son los intestinos, las venas, los nervios, los músculos, las arterias, el tejido celular y el epidermis; sé cuántos y cuáles son los humores del hombre, como la sangre, la bilis, la flema, el chilo y el gástrico; sé lo que es la linfa y los espíritus animales, y cómo obran en el cuerpo sano y cómo en el enfermo; conozco las enfermedades con sus propios y legítimos nombres griegos, como la ascitis, la anasarca, la hidrophobia, el saratán, la pleuresía, el mal venéreo, la clorosis, la caquexia, la podagra, el parafrenitis, el priapismo, el paroxismo y otras mil enfermedades que el necio vulgo llama hidropesía, rabia, gálico, dolor de costado, gota y demás simplezas que acostumbra; conozco la virtud de los remedios sin necesitar saber cómo los hacen los boticarios y los químicos, los simples de que se componen ni el modo como obran en el cuerpo humano, y así sé los que son febrífugos, astringentes, antiespasmódicos, aromáticos, diuréticos, errinos, narcóticos, pectorales, purgantes, diaforéticos, vulnerarios, antivenéreos, emotoicos, estimulantes, vermífugos, laxantes, cáusticos y anticólicos; sé... Ya está, señor doctor, decía el cura muy apurado, ya está por amor de Dios, que eso es mucho saber, y yo maldito lo que entiendo de cuanto ha dicho. Me parece que he estado oyendo hablar a Hipócrates en su idioma; pero lo cierto es que con tanto saber despachó en cuatro días a la pobre vieja hidrópica tía Petronila, que algunos años hace vivía con su iay! iay! antes que usted viniera, y después que usted vino, le aligeró el paso a fuerza de purgantes muchos, muy acres y en excesivas dosis, lo que me pareció una herejía médica, pues la debilidad en un viejo es cabalmente un contraindicante de purgas y sangrías. Motivo fue éste para que el otro pobre gotoso o reumático no quisiera que usted acabara de matarlo.

Con tanto saber, amigo, usted me va despoblando la feligresía sin sentir, pues desde que está aquí he advertido que las cuentas de mi parroquia han subido un cincuenta por ciento; y aunque otro cura más interesable que yo daría a usted las gracias por la multitud de muertos que despacha, yo no, amigo, porque amo mucho a mis feligreses, y conozco que a dura tiempo usted me quita de cura, pues acabada que sea la gente del pueblo y sus visitas, yo seré cura de casas vacías y campos incultos. Conque vea usted cuánto sabe, pues aun resultándome interés me pesa de su saber.

45

Riéronse todos a carcajadas con la ironía del cura, y yo, incómodo de esto, le dije ardiéndome las orejas: señor cura, para hablar es menester pensar y tener instrucción en lo que se habla. Los casos que usted me ha recordado por burla son comunes; a cada paso acaece que el más ruin enfermo se le muere al mejor médico. ¿Pues que piensa usted que los médicos son dioses que han de llevar la vida a los enfermos? Ovidio en el libro primero del *Ponto* dice que «no siempre está en las manos del médico que el enfermo sane, y que muchas veces el mal vence a la medicina».

Non est in medico semper relevetur ut aeger;
Interdam docta plus valet arte malum.

El mismo dice que «hay enfermedades incurables que no sanarán si el propio Esculapio les aplica la medicina», y harán resistencia a las aguas termales más específicas, tales como aquí las aguas del Peñón o Atotonilco, y una de estas enfermedades es la epilepsia. Oigan ustedes sus palabras.

Afferat ipse licet sacras Epidaurius herbas,
Sanavit nulla vulnera cordis ope.

En vista de esto admírese usted, señor cura, de que se me mueran algunos enfermos, cuando a los mejores médicos se les mueren. No faltaba más sino que los hombres quisieran ser inmortales solo con llamar al médico.

Que el viejo gotoso no quisiera continuar conmigo, nada prueba sino que conoció que su enfermedad es incurable, pues como dijo Ovidio, *loco citato*, «la gota no la cura la medicina».

Tollere nodosam nescit medicina podagram.

Yo soy el loco, dijo el cura, y el majadero, y el mentecato en querer conferenciar con usted de estas cosas.

Usted dice muy bien, señor licenciado, dije yo, si lo dice con sinceridad. En efecto, no hay mayor locura que disputar sobre lo que no se entiende. *Quod medicorum est promitunt medici, tractant fabrilia fabri*, decía Horacio en la ep. I. del lib. I. Señor cura, dispute cada uno de lo que sepa, hable de su profesión y no se meta en lo que no entiende, acordándose de que el teólogo hablará bien de teología, el canonista de cánones, «el médico de medicina, los artesanos de lo tocante a su oficio», «el piloto de los vientos, el labrador de los bueyes», y así todos.

Navita de ventis, de bobus narret arator.

Se acabó de incomodar el cura con esta impolítica reprensión, y, parándose del asiento, alzándose el birrete y dando una palmada en la mesa, me dijo: poco a poco, señor doctor, o señor charlatán; advierta usted con quién habla, en qué parte, cómo y delante de qué personas. ¿Ha pensado usted que soy algún *topile*, o algún barbaján para que se altere conmigo de ese modo, y quiera regañarme como a un muchacho? ¿O cree usted que porque lo he llevado con prudencia me falta razón para tratarlo como quien es, esto es, como a un loco, vano, pedante y sin educación? Sí señor, no pasa usted de ahí ni pasará en el concepto de los juiciosos por más latines y más despropósitos que diga...

El subdelegado y todos, cuando vieron al cura enojado, trataron de serenarlo y yo, no teniéndolas todas conmigo porque a las voces salieron todos los indios que ya habían acabado de comer, le dije muy fruncido: señor cura, usted dispense, que si erré fue por inadvertencia y no por impolítica, pues debía saber que ustedes los señores curas y sacerdotes siempre tienen razón en lo que dicen y no se les puede disputar; y así lo mejor es callar y «no ponerse con Sansón a las patadas». *Ne contendas cum potentioribus*, dijo quien siempre ha hablado y hablará verdad.

Vean ustedes, decía el cura, si yo no estuviera satisfecho de que el señor doctor habla sin reflexión lo primero que se le viene a la boca, ésta era mano de irritarse más; pues lo que da a entender es que los sacerdotes y curas a título de tales se quieren siempre salir con cuanto hay, lo que ciertamente es un agravio no solo a mí, sino a todo el respetable clero; pero repito que estoy convencido de su modo de producir, y así es preciso disculparlo y desengañarlo de camino. Y volviéndose a mí me dijo: amigo, no niego que hay algunos eclesiásticos que, a título de tales, quieren salirse con cuanto hay, como usted ha dicho; pero es menester considerar que éstos no son todos, sino uno u otro imprudente que en esto o en cosas peores manifiestan su poco talento, y acaso vilipendian su carácter; mas este caso, fuera de que no es extraño, pues en cualquiera corporación, por pequeña y lucida que sea, no falta un díscolo, no debe servir de regla para hablar atropelladamente de todo el cuerpo.

Que hay algunos individuos en el mío, como los que usted dice, he confesado que es verdad, y añado que si sostienen o pretenden sostener un error conociéndolo, solo porque son padres, hacen mal, y si ultrajan a algún secular no por un acto primo ni acalorados por alguna grosería que se uoc con ellos, sino solo engreídos en que el secular es cristiano y ha de respetar su carácter a lo último, hacen muy mal, y son muy reprensibles, pues deben reflexionar que el carácter no los excusa de la observancia de las leyes que el orden social prescribe a todos.

Usted y los señores que me oyen conocerán por esto que yo no me atengo a mi estado para faltar al respeto a ninguna persona, como bien lo saben los que me han tratado y me conocen. Si me he excedido en algo con usted, dispénseme, pues lo que dije fue provocado por su inadvertida reprensión, y reprensión que no cae sobre yerro alguno, porque yo cuando hablo alguna cosa procuro que me quede retaguardia para probar lo que digo; y si no, manos a la obra. Entre varias cosas dije a usted, me acuerdo, que hablaba cosas que no entendía lo que eran (esto se llama pedantismo). Es mi gusto que me haga usted quedar mal delante de estos señores, haciéndome favor de explicarnos qué parte de la medicina es la *semeiótica*; cuál es el humor *gástrico* o el *pancreático*; qué enfermedad es el *priapismo*; cuáles son las *glándulas del mesenterio*; qué especies hay de *cefalalgias*; y qué clase de remedios son los *emotoicos*; pero con la advertencia de que yo lo sé bien, y entre mis libros tengo autores que lo explican bellamente, y puedo enseñárselos a estos señores en un minuto; y así usted no se exponga a decir una cosa por otra, fiado en que no lo entiendo, pues aunque no soy médico, he sido muy curioso y me ha gustado leer de todo; en una palabra, he sido aprendiz de todo y oficial de nada. Conque así, vamos a ver; si me responde usted con tino a lo que le pregunto, le doy esta onza de oro para polvos; y si no, me contentaré con que usted confiese que no soy de los clérigos

48

que sostengo una disputa por clérigo, sino porque sé lo que hablo y lo que disputo.

La sangre se me bajó a los talones con la proposición del cura, porque yo maldito lo que entendía de cuanto había dicho, pues solamente aprendí esos nombres bárbaros en casa de mi maestro, fiado en que con saberlos de memoria y decirlos con garbo tenía cuanto había menester para ser médico, o a lo menos para parecerlo; y así no tuve más escape que decirle: señor cura, usted me dispense, pero yo no trato de sujetarme a semejante examen; ya el Protomedicato me examinó y me aprobó como consta de mis certificaciones y documentos.

Está muy bien, dijo el cura, solo con que usted se niegue a una cosa tan fácil me doy por satisfecho; pero yo también protesto no sujetarme a los médicos inhábiles o que siquiera me lo parezcan. Sí señor, yo seré mi médico como lo he sido hasta aquí, a lo menos tendré menos embarazos para perdonarme las erradas; y en aquella parte de la medicina que trata de conservar la salud, y los facultativos llaman *higiene*, me contentaré con observar las reglas que la escuela Salernitana prescribió a un rey de la Gran Bretaña, a saber: poco vino, cena poca, ejercicio, ningún sueño meridiano, o lo que llamamos siesta, vientre libre, fuga de cuidados y pesadumbres, menos cóleras; a lo que yo añado algunos baños y medicinas las más simples, cuando son precisas, y cáteme usted sano y gordo como me ve; porque no hay remedio, amigo, yo fuera el primero que me entregara a discreción de cualquier médico si todos los médicos fueran como debían ser; pero por desgracia apenas se puede distinguir el buen médico del necio empírico y del curandero charlatán.

Todas las ciencias abundan en charlatanes, pero más que ninguna la medicina. Un lego no se atreverá predicar en un púlpito, a resolver un caso de conciencia en un confesonario, a defender un pleito en una audiencia; pero ¡qué digo! ¿Quién se atreverá sin ser sastre a cortar una casaca, ni sin ser zapatero a trazar unos zapatos? Nadie seguramente; pero para ordenar un medicamento, ¿quién se detiene? Nadie tampoco. El teólogo, el canonista, el legista, el astrónomo, el sastre, el zapatero y todos somos médicos la vez que nos toca. Sí, amigo, todos mandamos nuestros remedios a Dios te la depare buena, sin saber lo que mandamos, solo porque los hemos visto mandar, o

49

porque nos hemos aliviado con ellos, sin advertir cuánto dista la naturaleza de unos a la de otros; sin saber los contraindicantes, y sin conocer que el remedio que lo fue para Juan es veneno para Pedro. Supongamos: en algunos géneros de apoplejías es necesaria y provechosa la sangría; pero en otros no se puede aplicar sin riesgo, verbigracia en una apoplética embarazada, pues es casi necesario el aborto.

El que no es médico no percibe estos inconvenientes, obra atolondrado y mata con buena intención. No en balde las leyes de Indias prohíben con tanto empeño el ejercicio del empirismo. Lea usted si gusta las 4 y 5 del lib. 5 tít. 6 de la *Recopilación*, que también hablan de lo mismo; y aun médicos sabios (tales como *monsieur* Tissot en su *Aviso al pueblo*) declaman altamente contra los charlatanes.

Yo deseara que aquí se observara el método que se observa en muchas provincias del Asia con los médicos, y es que éstos han de visitar a los enfermos, han de hacer y costear las medicinas y las han de aplicar. Si éste sana, le pagan al médico su trabajo según el ajuste; pero si se muere, se va el médico a buscar perros que espulgar.

Esta bella providencia produce los buenos efectos que le son consiguientes, como es que los médicos se apliquen y estudien, y que sean a un tiempo médicos, cirujanos, químicos, botánicos y enfermeros.

Y no me arrugue usted las cejas, me decía el cura sonriéndose, algo ha habido en nuestra España que se parezca a esto. En el título de los físicos y los enfermos entre las leyes del Fuero Juzgo se lee una en el lib. II, que dice que el físico (esto es, el médico) capitule con los enfermos lo que le han de dar por la cura, y que si los cura lo paguen, y si en vez de curar los empeora con sangrías (se debe entender que con otro cualquier error), que él pague los daños que causó. Y si se muere el enfermo, siendo libre, quede el médico a discreción de los herederos del difunto; y si éste era esclavo le dé a su señor otro de igual valor que el muerto.

Yo conozco que esta ley tiene algo de violenta, porque ¿quién puede probar en regla el error de un médico, sino otro médico? ¿Y qué médico no haría por su compañero? Fuera de que el hombre alguna vez ha de morir, y en este caso no era difícil que se le imputara al médico el efecto preciso de la naturaleza, y más si el enfermo era esclavo, pues su amo querría resarcirse de la pérdida a costa del pobre médico; mas estas leyes no están en uso, y sí me parece que lo está la práctica de los asiáticos que me gusta demasiado. Ya el subdelegado y toda la comitiva estaban incómodos con tanta conversación del cura, y así procuraron cortarla poniendo un monte de 2.000 pesos, en el que (para no cansar a ustedes) se me arrancó lo que había achocado, quedándome a un pan pedir.

A la noche estuvieron el baile y el refresco lucidos y espléndidos, según lo permitía el lugar. Yo permanecí allí más de fuerza que de gana después que se me aclaró, y a las dos de la mañana me fui a casa, en la que regañé a la cocinera y le di de pescozones a mi mozo, imitando en esto a muchos amos necios e imprudentes que cuando tienen una cólera o una pesadumbre en la calle la van a desquitar a sus casas con los pobres criados, y quizá con las mujeres y con las hijas.

Así, así, y entre mal y bien, la continué pasando algunos meses más, y una ocasión que me llamaron a visitar a una vieja rica, mujer de un hacendero, que estaba enferma de fiebre, encontré allí al cura, a quien temía como al diablo; pero yo, sin olvidar mi charlatanería, dije que aquello no era cosa de cuidado, y que no estaba en necesidad de disponerse; mas el cura, que ya la había visto y era más médico que yo, me dijo: vea usted, la enferma es vieja, padece la fiebre ya hace cinco días, está muy gruesa y a veces soporosa, ya delira de cuando en cuando, tiene manchas amoratadas, que ustedes llaman *petequias*, parece que es una fiebre pútrida o maligna; no hemos de esperar a que *cace moscas* o esté *in agone* (agonizando) para sacramentarla. A más de que, amigo, ¿cómo podrá el médico descuidarse en este punto tan principal, ni hacer confiar al enfermo en una esperanza fugaz y en una seguridad de que el mismo médico carece? Sépase usted que el Concilio de París del año de 1429 ordena a los médicos que exhorten a los enfermos que están de peligro a que se confiesen antes de darles los remedios corporales, y negarles su asistencia si no se sujetan a su consejo. El de Tortosa del mismo año prohíbe a los médicos hacer tres visitas seguidas a los enfermos que no se hayan confesado. El Concilio II de Letrán de 1215, en el canon 24, dice que, cuando sean llamados los médicos para los enfermos, deben aquéllos *ante todas cosas* advertirles se provean de médicos espirituales, para que,

51

habiendo tomado las precauciones necesarias para la salud de su alma, les sean más provechosos los remedios en la curación de su cuerpo.

Esto, amigo, me decía el cura, dice la Iglesia por sus santos concilios; conque vea usted qué se puede perder en que se confiese y sacramente nuestra enferma, y más hallándose en el estado en que se halla.

Azorado con tantas noticias del cura le dije: señor, usted dice muy bien, que se haga todo lo que usted mande.

En efecto el sabio párroco aprovechó los preciosos instantes, la confesó y sacramentó, y luego yo entré con mi oficio y le mandé cáusticos, friegas, sinapismos, refrigerantes y matantes, porque a los dos días ya estaba con Jesucristo.

Sin embargo, esta muerte, como las demás, se atribuyó a que era mortal, que estaba de Dios, a la raya, a que le llegó su hora, y a otras mentecaterías semejantes, pues ni está de Dios que el médico sea atronado, ni es decreto absoluto, como dicen los teólogos, que el enfermo muera cuando su naturaleza puede resistir al mal con el auxilio de los remedios oportunos; pero yo entonces ni sabía estas teologías, ni me tenía cuenta saberlas. Después he sabido que si le hubiera ministrado a la enferma muchas lavativas emolientes, y hubiera cuidado de su dieta y su libre transpiración, acaso o probablemente no se hubiera muerto; pero entonces no estudiaba nada, observaba menos la naturaleza, y solo tiraba a estirar el peso, el tostón o la peseta, según caía el penitente.

Así pasé otros pocos meses más (que por todos serían quince o dieciséis los que estuve en Tula) hasta que acaeció en aquel pueblo por mal de mis pecados una peste del diablo que jamás supe comprender, porque les acometía a los enfermos una fiebre repentina, acompañada de basca y delirio, y en cuatro o cinco días tronaban.

Yo leía el Tissot, a *madama* Fouquet, Gregorio López, al Buchan, el Vanegas y cuantos compendistas tenía a la mano; pero nada me valía, los enfermos morían a millaradas.

Por fin, y para colmo de mis desgracias, según el sistema del doctor Purgante di en hacer evacuar a los enfermos el humor pecante, y para esto me valí de los purgantes más feroces, y viendo que con ellos solo morían los

52

pobres extenuados, quise matarlos con cólicos que llaman *misereres*, o de una vez envenenados.

Para esto les daba más que regulares dosis de tártaro emético, hasta en cantidad de doce granos, con lo que expiraban los enfermos con terribles ansias.

Por mis pecados, me tocó hacer esta suerte con la señora gobernadora de los indios. Le di el tártaro, expiró, y a otro día que iba yo a ver cómo se sentía, hallé la casa inundada de indios, indias e inditos, que todos lloraban a la par.

Fui entrando tan tonto como sinvergüenza. Es de advertir que por obra de Dios iba en mi mula, pues, no en la mía sino en la del doctor Purgante; pero ello es que, apenas me vieron los dolientes, cuando, comenzando por un murmullo de voces, se levantó contra mí tan furioso torbellino de gritos, llamándome ladrón y matador, que ya no me la podía acabar; y más cuando el pueblo todo, que allí estaba junto, rompiendo los diques de la moderación y dejándose de lágrimas y vituperios, comenzó a levantar piedras y a disparármelas infinitamente y con gran tino y vocería, diciéndome en su lengua: maldito seas, médico del diablo, que llevas trazas de acabar con todo el pueblo.

Yo entonces apreté los talones a la *macha* y corrí lo mejor que pude, armado de peluca y de golilla, que nunca me faltaba, por hacerme respetable en todas ocasiones.

Los malvados indios no se olvidaron de mi casa, a la que no le valió el sagrado de estar junto a la del cura, pues, después de que aporrearon a la cocinera y a mi mozo, tratándolos de solapadores de mis asesinatos, la maltrataron toda haciendo pedazos mis pocos muebles y tirando mis libros y mis botes por el balcón.

El alboroto del pueblo fue tan grande y temible que el subdelegado se fue a refugiar a las casas curales, desde donde veía la frasca con el cura en el balcón, y el párroco le decía: no tenga usted miedo, todo el encono es contra el médico. Si estas honras se hicieran con más frecuencia a todos los charlatanes, no habría tantos matasanos en el mundo.

Éste fue el fin glorioso que tuvieron mis aventuras de médico. Corrí como una liebre, y con tanta carrera y el mal pasaje que tuvo la mula, en el pueblo de Tlalnepantla se me cayó muerta a los dos días. Era fuerza que lo mal habido tuviera un fin siniestro.

53

Finalmente, yo vendí allí la silla y la gualdrapa en lo primero que me dieron, tiré la peluca y la golilla en una zanja para no parecer tan ridículo, y a pie y andando con mi capa al hombro y un palo en la mano llegué a México, donde me pasó lo que leeréis en el capítulo IV de esta verdadera imponderable historia.

Capítulo IV. En el que se cuenta la espantosa aventura del locero y la historia del trapiento

Ninguna fantasma ni espectro espanta al hombre más cierta y constantemente que la conciencia criminal. En todas partes lo acosa y amedrenta, y siempre a proporción de la gravedad del delito, por oculto que éste se halle. De suerte que aunque nadie persiga al delincuente y tenga la fortuna de que no se haya revelado su iniquidad, no importa; él se halla lleno de susto y desasosegado en todas partes. Cualquiera casualidad, un ligero ruido, la misma sombra de su cuerpo agita su espíritu, hace estremecer su corazón y le persuade que ha caído o está ya para caer en manos de la justicia vengadora. El desgraciado no vive sin fatiga, no come sin amargura, no pasea sin recelo, y hasta su mismo sueño es interrumpido del susto y del sobresalto. Tal era mi estado interior cuando entré en esta capital. A cada paso me parecía que me daban una paliza, o que me conducían a la cárcel. Cualquiera que encontraba vestido de negro me parecía que era Chanfaina; cualquiera vieja me asustaba, figurándome en ella a la mujer del barbero; cualquier botica, cualquier médico... ¡qué digo!, hasta las mulas me llenaban de pavor, pues todo me recordaba mis maldades.

Algunas veces se me paseaba por la imaginación la tranquilidad interior que disfruta el hombre de buena conciencia, y me acordaba de aquello de Horacio cuando dice a Fusco Aristio:[9]

> El hombre de buen vivir
> Y aquel que a ninguno daña,
> No ha menester el escudo
> Ni flechas emponzoñadas.

---

9 No es traducción literal, sino alusión a la oda 22 de Horacio que comienza: Integer vitae scelerisque purus etc.

54

Por cualesquiera peligros
Pasa y no se sobresalta,
Seguro en que su defensa

Es una conciencia sana. Pero estas serias reflexiones solo se quedaban en paseos y no se radicaban en mi corazón; con esto las desechaba de mi imaginación como malos pensamientos sin aprovecharme de ellas, y solo trataba de escaparme de mis agraviados, por cuya razón lo primero que hice fue procurar salir de la capa de golilla, así por quitarme de aquel mueble ridículo, como por no tener conmigo un innegable testigo de mi infidelidad. Para esto, luego que llegué a México y en la misma tarde, fui a venderla al baratillo que llaman del *piojo*, porque en él trata la gente más pobre y allí se venden las piezas más sucias, asquerosas y aun las robadas.

Doblé, pues, la tal capa en un zaguán, y con solo sombrero y vestido de negro, que parecía de a legua colegial huido, fui al puesto del baratillero de más crédito que allí había.

Por mi desgracia estaba éste encargado por el doctor Purgante (que en realidad se llamaba don Celidonio Matamoros, aunque con más verdad podía haberse llamado *Matacristianos*), estaba, digo, el baratillero encargado de recogerle su capa si se la fueran a vender, habiéndole dejado las señas más particulares para el caso.

Una de ellas era un pedazo de la vuelta cosido con seda verde, y un agujerito debajo del cuello remendado con paño azul. Yo en mi vida había reparado en semejantes menudencias, con esto fui a venderla muy frescamente; y por desgracia se acordó del encargo el baratillero, y lo primero con que tropezaron sus ojos, antes de desdoblarla, fue el pedazo de la vuelta cosido con seda verde.

Luego que yo le dije que era capa y de golilla, y vio la diferencia de la seda en la costura, me dijo: amigo, esta capa puede ser de mi compadre don Celidonio, a quien por mal nombre llaman el doctor Purgante. A lo menos si debajo del cuello tiene un remiendito azul, ciertos son los toros. La desdobló, registró y halló el tal remiendito. Entonces me preguntó si aquella capa era mía, si la había comprado o me la habían dado a vender.

55

Yo, embarazado con estas preguntas y no sabiendo qué decir, respondí que podía jurar que la capa ni era mía ni la había adquirido por compra, sino que me la habían dado a vender.

¿Pues quién se la dio a vender a usted, cómo se llama y dónde vive, o dónde está?, me preguntó el baratillero. Yo le dije que un hombre que apenas lo conocía, que él si me conocía a mí, que yo era muy hombre de bien aunque la capa andaba en opiniones, pero que por allí inmediato se había quedado.

El baratillero entonces le dijo a un amigo suyo que estaba en su tienda que fuera conmigo y no me dejara hasta que yo entregara al que me había dado a vender la capa, que se conocía que yo era un buen verónico, pero que aquella capa la había robado a don Celidonio un mozo que tenía, conocido por Periquillo Sarniento, juntamente con una mula ensillada y enfrenada, una gualdrapa, una peluca, una golilla, unos libros, algún dinero y quién sabe qué más; y así que o me llevara a la cárcel, o entregara yo al ladrón, y entregándolo que me dejase libre.

Con esta sentencia partí acompañado de mi alguacil, a quien anduve trayendo ya por esta calle, ya por la otra sin acabar de encontrar al ladrón con ir tan cerca de mí, hasta que la adversa suerte me deparó sentado en un zaguán a un hombre embozado en un capote viejo.

Luego que lo vi tan trapiento, lo marqué por ladrón, como si todos los trapientos fueran ladrones, y le dije a mi corchete honorario que aquél era quien me había dado la capa a vender.

El muy salvaje lo creyó de buenas a primeras, y volvió conmigo a pedir auxilio a la guardia inmediata, la que no se negó, y así prevenido de cuatro hombres y un cabo volvimos a prender al trapiento.

El desdichado, luego que se vio sorprendido con la voz de *date*, se levantó y dijo: señores, yo estoy dado a la justicia, ¿pero qué he hecho o por qué causa me he de dar? Por ladrón, dijo el corchete. ¿Por ladrón?, replicaba el pobrete, seguramente ustedes se han equivocado. No nos hemos equivocado, decía el encargado del baratillero, hay testigos de tu robo, y tu mismo pelaje demuestra quién eres y los de tu librea. Amárrenlo.

Señores, decía el pobre, vean ustedes que hay un diablo que se parezca a otro; quizá no seré yo el que buscan; que haya testigos que depongan

56

contra mí no es prueba bastante para esta tropelía, cuando sabemos que hay mil infames que por dos reales se hacen testigos para calumniar a un hombre de bien; y, por fin, el que sea un pobre y esté mal vestido no prueba que sea un pícaro, el hábito no hace al monje.

Conque, señores, hacerme este daño solo por mi indecente traje o por la deposición de uno o dos pícaros comprados a vil precio, sin más averiguación ni más informe, me parece que es un atropellamiento que no cabe en los prescritos términos de la justicia.

Yo soy un hombre a quienes ustedes no conocen y solo juzgan por la apariencia del traje; pero quizá bajo de una mala capa habrá un buen bebedor; esto es, quizá bajo de este ruin exterior habrá un hombre noble, un infeliz y un honrado a toda prueba.

Todo está muy bien, decía el encargado de corchete, pero usted le dio a este mozo (señalándome a mí) una capa de golilla para que la vendiera, con la que juntamente se robaron una mula con su gualdrapa, una golilla, una peluca y otras maritatas; y este mismo mozo ha descubierto a usted, quien ha de dar razón de todo lo que se ha perdido.

¡Qué capa, ni qué mula, ni qué peluca, golilla ni gualdrapa, ni qué nada sé yo de cuanto usted ha dicho!

Sí señor, decía el alguacil, usted le dio al señor a vender la capa de golilla; el señor conoce a usted y quien le dio la capa ha de saber de todo.

Amigo, me decía el pobre muy apurado, ¿usted me conoce? ¿Yo le he dado a vender alguna capa, ni me ha visto en su vida? Sí señor, replicaba yo entre el temor y la osadía, usted me dio a vender esa capa, y usted fue criado de mi padre.

¡Hombre del diablo!, decía el pobre, ¿qué capa le he vendido a usted ni qué conocimiento tengo de usted ni de su padre?

Sí señor, decía yo, el señor lo quiere negar, pero el señor me dio a vender la capa.

Pues no es menester más, dijo el corchete, amarren al señor, allí veremos.

Con esto amarraron al miserable los soldados, se lo llevaron a la cárcel y a mí me despacharon en libertad. Tal suele ser la tropelía de los que se meten a auxiliar a la justicia sin saber lo que es justicia.

57

Yo me fui en cuerpo gentil, pero muy contento al ver la facilidad con que había burlado al baratillero, aunque por otra parte sentía el verme despojado de la capa y de su valor.

En estas y semejantes boberías maliciosas iba yo entretenido, cuando oí que a mis espaldas gritaban: *atajen, atajen*. Pensé en aquel instante que seguramente se había indemnizado el pobre a quien acababa de calumniar, y venían en mi alcance los soldados para que se averiguara la verdad, y apenas volví la cara y vi la gente que venía corriendo por detrás, cuando sin esperar mejor desengaño eché a correr por la calle del Coliseo como una liebre.

Ya he dicho que en semejantes lances era yo una pluma para ponerme en salvo; pero esa tarde iba tan ligero y aturdido que al doblar una esquina no vi a un indio locero que iba cargado con su loza, y atropellándolo bonitamente lo tiré en el suelo boca abajo y yo caí sobre las ollas y cazuelas, estrellándome algunas de ellas en las narices, a cuyo tiempo pasó casi sobre de mí y del locero un caballo desbocado que era por el que gritaban que atajasen.

Luego que lo vi, me serené de mi susto advirtiendo que no era yo el objeto que pretendían alcanzar; pero este consuelo me lo turbó el demonio del indio, que en un momento y arrastrándose como lagartija salió de debajo de su *tapextle*[10] de loza, y afianzándome del pañuelo me decía con el mayor coraje: agora lo veremos si me lo pagas mi loza y paguemelosté de prestito, porque si no el diablo nos ha de llevar horita, horita. Anda noramala, indio *macuache*, le dije, ¿qué pagar, ni no pagar? Y ¿quién me paga a mí las cortadas y el porrazo que he llevado?

¿Yo te lo mandé osté que los fueras atarantado y no lo vías por donde corres como macho azorado? El macho serás tú y la gran cochina que te parió, le dije, indigno, maldito, cuatro-orejas,[11] acompañando estos requiebros con un buen puñete que le planté en las narices con tales ganas que le hice escupir por ellas harta sangre.

---

10 Aunque vulgarmente llaman así a las escalerillas de tablas para cargar algo a cuestas, es con equivocación, pues su nombre en idioma mexicano es *cacaxtli*. (N. del E.)

11 En el modo común como los indios se cortan el pelo, les queda un trozo de éste delante de cada oreja que llaman barcarrota, y aludiendo a esto se les dice por apodo *cuatro-orejas*. (N. del E.)

58

Dicen que los indios, luego que se ven manchados con su sangre, se acobardan; mas éste no era de ésos. Un diablo se volvió luego que se sintió lastimado de mi mano, y entre mexicano y castellano me dijo: *tlacatecoltl*, mal diablo, *lagrón*, jijo de un *dimoño*, agora lo veremos quién es cada cual. Y diciendo y haciendo, me comenzó a retorcer el pañuelo con tantas fuerzas que ya me ahogaba, y con la otra mano cogía ollitas y cazuelas muy aprisa y me las quebraba en la cabeza; pero me las estrellaba tan prontito y con tal cólera que, si como eran ollitas vidriadas, esto es, de barro muy delgado, hubieran sido tinajas de Cuautitlán, allí quedo en estado de no volver a resollar.

Yo, casi sofocado con los retortijones del pañuelo, abriendo tanta boca y sin arbitrio de escaparme, procuré hacer de tripas corazón, y como los dos estábamos cerca de las ollas que eran nuestras armas, cuando el indio se agachaba a coger la suya, cogía yo también la mía, y ambos a dos nos las quebrábamos en las cabezas.

En un instante nos cercó una turba de bobos, no para defendernos ni apaciguarnos, sino para divertirse con nosotros.

La multitud de los necios espectadores llamó la atención de una patrulla que casualmente pasaba por allí, la que, haciéndose lugar con la culata de los fusiles, llegó a donde estábamos los dos invictos y temibles contendientes.

A la voz de un par de cañonazos que sentimos cada uno en el lomo nos apartamos y sosegamos, y el sargento, informado por el indio de la mala obra que le había hecho, y de que lo había provocado dándole una trompada tan furiosa y sin necesidad, me calificó reo en aquel acto, y, requiriéndome sobre que pagara 4 pesos que decía el locero que valía su mercancía, dije que yo no tenía un real, y era así, porque lo poco que me dieron por las frioleras que vendí ya lo había gastado en el camino. Pues no le hace, replicó el sargento, páguele usted con la chupa, que bien vale la mitad; o si no, de aquí va a la cárcel. ¿Conque tras de hacerle este daño a este pobre y darle de mojicones no querer pagarle? Eso no puede ser, o le da usted la chupa o va a la cárcel.

Yo, que por no ir a semejante lugar le hubiera dado los calzones, me quité la chupa, que estaba buena, y se la di. El indio la recibió no muy a gusto, porque no sabía lo que valía; juntó los pocos *tepalcates* que halló buenos y se fue.

Yo, para hacer lo mismo por mi lado, busqué mi sombrero, que se me había caído en la refriega; pero no lo hallé ni lo hallara hasta el día del juicio si lo buscara, pues alguno de los malditos mirones, viéndolo tirado, y a mí tan empeñado en la acción, lo recogió sin duda con ánimo de restituírmelo en tres plazos.[12]

Mientras que me ocupé en buscar mi dicho sombrero, en preguntar por él y disimular la risa del concurso, se alejó el indio mucho trecho, la patrulla se retiró, la gente se fue desparramando por su lado, y yo me fui por el mío, sin chupa ni sombrero, y con algunos araños en la cara, muchos chichones, y dos o tres ligeras roturas de cabeza.

De esta suerte se concluyó la espantosa aventura del locero, y yo iba lleno de melancólicas ideas, algo adolorido de los golpes que sufrí en la pendencia, pensando en dónde pasaría la noche, aunque no era la primera vez que pensaba en semejante negocio.

Comparando mi estado pasado con el presente, acordándome que quince días antes era yo un señor doctor con criados, casa, ropa y estimaciones en Tula, y en aquella hora era un infeliz, solo, abatido, sin capa ni sombrero, golpeado, y sin tener un mal techo que me alojara en México, mi patria, me acordaba de aquel viejísimo verso que dice:

Aprended flores de mí
Lo que va de ayer a hoy,
Que ayer maravilla fui

Y hoy sombra de mí no soy. Pero lo que más me confundía era considerar que por los indios me habían venido mis dos últimos daños, y decía entre mí: si es cierto que hay aves de mal agüero, para mí las aves más funestas y de peor prestigio son los indios; porque por ellos me han sucedido tantos males.

Con la barba cosida con el pecho y cerca de las oraciones de la noche iba yo totalmente enajenado sin pensar en otra cosa que en lo dicho, cuando me hizo despertar de mi abstracción un hombre que estaba parado en una accesoria, y al pasar yo por ella me afianzó del pañuelo y al primer tirón que

---

12   Se entienden los del tramposo: tarde, mal o nunca. (N. del E.)

60

me dio me hizo entrar en ella mal de mi grado y cerró la puerta, quedando la habitación casi oscura, pues la poca luz que a aquella hora entraba por una pequeña ventana apenas nos permitía vernos las caras.

El hombre muy encolerizado me decía: bribonazo, ¿no me conoce usted? Yo, lleno de miedo, prenda inseparable del malvado, le decía: no señor, sino para servirlo. ¿Conque no me conoce?, repetía él enojado, ¿jamás me ha visto? ¿No se acuerda de mí? No señor, decía yo muy apurado, por Dios se lo juro que no lo conozco.

Estas preguntas y respuestas eran sin soltarme del pañuelo, y dándome cada rato tan furiosos estrujones que me obligaba con ellos a hacerle frecuentes reverencias.

En esto salió una viejecita con una vela y, asustada con aquella escena, le decía al hombre: ¡ay, hijo! ¿Qué es esto? ¿Quién es éste? ¿Qué te hace? ¿Es algún ladrón?

Yo no sé lo que será, señora, decía él, pero es un pícaro, y ahora que hay luz quiero que me vea bien la cara y diga si me conoce. Vaya, pícaro, ¿me conoces? Habla, ¿que enmudeces? No ha muchas horas que me viste y aseguraste que fui criado de tu padre y te di a vender una capa. Yo no te he desconocido, a pesar de estar algo diferente de lo que te vi; conque tú ¿por qué no me has de conocer no habiendo yo cambiado de traje?

Estas palabras acompañadas de la claridad de la vela me hicieron conocer perfectamente al que había acabado de calumniar. No pude dejar de confesar mi maldad y, atrojado con el temor del agraviado a quien alzaba pelo, me le arrodillé suplicándole que me perdonara por toda la corte del cielo, añadiendo a estas rogativas y plegarias algunas disculpas frívolas en realidad, pero que me valieron bastante, pues le dije que la capa era robada, pero que quien me la dio a vender fue un sobrino del médico que era mi amigo y colegial, y que yo por no perderlo me valí de aquella mentira que había echado contra él.

Todo puede ser, decía el calumniado, ¿pero qué motivo tuvo para levantarme este testimonio y no a otro alguno? Señor, le respondí, la verdad que no tuvo más motivo que ser usted el primer hombre que vi solo y de pobre ropa.

Está muy bien, dijo el trapiento, levántese usted, que no soy santo para que me adore; pero pues usted se ha figurado que todos los que tienen un

61

traje indecente son pícaros, no le debe hacer fuerza que sean de mal corazón; y así, ya que por trapiento me juzgó propio para ser sospechoso de ladrón, por la misma razón no le debe hacer fuerza que sea vengativo.

Fuera de que la venganza que pienso tomar de usted es justa, porque aunque pudiera darle ahora una feroz tarea de trancazos, que bien la merece, no quiero sino que la satisfacción venga de parte de la justicia, tanto para volver per mi honor, cuanto para la corrección y enmienda de usted, pues es una lástima que un mozo blanco y, al parecer, bien nacido su pierda tan temprano por un camino tan odioso y pernicioso a la sociedad. Siéntese usted allí, y usted, madre, vaya a traer a mis hijos.

Diciendo esto, se puso a hablar con la viejecita en secreto, después de lo cual ésta entro en la cocina, sacó un canastito y se fue para la calle cerrando el trapiento la puerta con llave.

Frío me quedé cuando me vi solo con él y encerrado; y así volví a arrodillarme con todo acatamiento diciéndole: señor, perdóneme usted, soy un necio, no supe lo que hice; pero señor, lo pasado, pasado; tenga usted lástima de mí y de mi pobre madre y dos hermanas doncellas que tengo, que se morirán de pesar si usted hace conmigo alguna fechoría; y así por Dios, por María Santísima, por los huesitos de su madre que me perdone usted ésta, y no me mate sin confesión, pues le puedo jurar que estoy empecatado como un diablo.

Ya está, amigo, me decía el trapiento, levántese usted, ¿para qué son tantas plegarias? Yo no trato de matar a usted ni soy asesino ni alquilador de ellos. Siéntese usted que le quiero dar alguna idea de la venganza que quiero tomar del agravio que usted me ha hecho.

Me senté algo tranquilizado con estas palabras, y el dicho trapiento se sentó junto a mí, y me rogó que le contara mi vida y la causa de hallarme en el estado en que me veía. Yo le conté dos mil mentiras que él creyó de buena fe, manifestando en esto la bondad de su carácter, y cuando yo lo advertí compadecido de mis infortunios, le supliqué, después de pedirle otra vez mil perdones, que me refiriera quién era y cuál el estado de su suerte; y el pobre hombre, sin hacerse de rogar, me contó la historia de su vida de esta manera.

62

Para que otra vez, me decía, no se aventure usted a juzgar de los hombres por solo su exterior y sin indagar el fondo de su carácter y conducta, atiéndame. Si la nobleza heredada es un bien natural de que los hombres puedan justamente vanagloriarse, yo nací noble, y de esto hay muchos testigos en México, y no solo testigos, sino aun parientes que viven en el día.

Este favor le debí a la naturaleza, y a la fortuna le hubiera debido el ser rico si hubiera nacido primero que mi hermano Damián; mas éste, sin mérito ni elección suya, nació primero que yo y fue constituido mayorazgo, quedándonos yo y mis demás hermanos atenidos a lo poco que nuestro padre nos dejó de su quinto cuando murió.

De manera... Perdone usted, señor, le interrumpí, ¿pues que es posible que su padre de usted lo quiso dejar pobre con sus hermanos, y quizá expuesto a la indigencia, solo por instituir al primogénito mayorazgo?

Sí amigo, me contestó el trapiento, así sucedió y así sucede a cada instante, y esta corruptela no tiene más apoyo ni más justicia que la imitación de las preocupaciones antiguas.

Usted se admira, y se admira con razón, de ver practicado y tolerado este abuso en las naciones más civilizadas de la Europa, y acaso le parece que no solo es injusticia sino tiranía el que los padres prefieran el primogénito a sus otros hermanos, siendo todos hijos suyos igualmente; pero más se admirara si supiera que esta corruptela (pues creo que no merece el nombre de costumbre legítimamente introducida) ha sido mal vista entre los hombres sensatos, y hostigada por los monarcas con muchas y duras restricciones con el loable fin de exterminarla.[13]

---

13 Son dignas de notarse las palabras de don Marcos Gutiérrez en su ilustración al Febrero, part. I., tom. I., cap. 7. La ignorancia (dice), que ha adoptado tantas veces como verdades inconcusas los errores más funestos para la humanidad, ha permitido y aun fomentado los vínculos y mayorazgos creyéndolos útiles al estado, sin embargo de ser muy contrarios a la población. Ésta es en toda sociedad proporcionada a su subsistencia, la cual disminuyen sobre manera las vinculaciones por destinar a uno solo lo que corresponde y debe distribuirse entre muchos. Cáusame admiración ver propagada por casi toda la Europa una tan fatal institución como los mayorazgos, cuando a primera vista choca y ofende a todo corazón humano y sensible que muchos hijos menores hayan de ser sacrificados a un hijo mayor, y que aquéllos hayan de pasar su vida en la miseria e indigencia para que éste pueda hacer ostentación de su lujo, de sus facultades y aun tal vez de sus vicios. No es lo que importa al estado el que unas pocas familias conserven su lustre y esplendor a costa de

63

En efecto: *el mayorazgo*, dicen que, *es un derecho que tiene el primogénito más próximo de succeder en los bienes dejados con la condición de que se conserven íntegros perpetuamente en su familia*; mas si me fuera lícito definirlo diría: *el mayorazgo es una preferencia injustamente concedida al primogénito, para que él solo herede los bienes que por iguales partes pertenecen a sus hermanos como que tienen igual derecho.*

Si a alguno le pareciera dura esta definición, yo lo convencería de su arreglo siempre que no fuera mayorazgo, pues siéndolo claro es que, por más convencido que se hallara su entendimiento, jamás arrancaría de su boca la confesión de la verdad.

Yo, amigo, si hablo contra los mayorazgos, hablo con justicia y experiencia. Mi padre, cuando instituyó el mayorazgo en favor de su hijo primogénito, acaso no pensó en otra cosa que en perpetuar el lustre de su casa, sin prevenir los daños que por esto habían de sobrevenir a sus demás hijos; porque antes de que yo llegara al infeliz estado en que usted me ve, ¡cuánto he tenido que lidiar con mi hermano para que me diese siquiera los alimentos mandados por mi padre en una cláusula de la institución! ¿Y de qué me sirvió esto? De nada, porque, como él tenía el dinero y la razón, fácil es concebir que él se salía con la suya en todas ocasiones.[14]

Hablando como buen hijo, quisiera disculpar a mi padre de los perjuicios que nos irrogó con esta su injusta preferencia; pero como hombre de bien

---

infinitas sumergidas en la desdicha y oscuridad, sino el que por medio de la mejor distribución de las riquezas puedan todos los ciudadanos vivir con desahogo y comodidad. Estas verdades que los escritores económicos nos han demostrado con la mayor evidencia, y que debieran ser más conocidas del vulgo, no se han escapado de los ojos perspicaces de nuestro ilustrado gobierno, quien al mismo tiempo ha conocido otros perjuicios considerables que han hecho y hacen al estado las vinculaciones. Prueba manifiesta de todo esto son las varias reales órdenes que, oponiendo diferentes obstáculos a la institución de mayorazgos y vínculos, y concediendo ciertas facultades para la enajenación de sus bienes, conspiran sabiamente a impedir su aumento, y aun a disminuir el número de los ya establecidos.

14 El autor citado dice irónicamente que es cosa de la mayor importancia para el estado y para los mismos fundadores de mayorazgos que se conserve su memoria hasta la más remota posteridad, por la grande hazaña y heroica acción de haber vinculado sus riquezas y motivado, como regularmente sucede, muchos y dilatados pleitos tan conducentes para el bienestar y tranquilidad de las familias.

no puedo dejar de confesar que hizo mal. ¡Ojalá que, como yo lo perdono, Dios le haya perdonado los males de que fue causa! Tal vez a mí, que hoy no hallo qué comer, me ha tocado la menor parte.

Cuatro hermanos fuimos: Damián el mayorazgo, Antonio, Isabel y yo. Damián, ensoberbecido con el dinero y lisonjeado por los malos amigos, se prostituyó a todos los vicios, siendo sus favoritos por desgracia el juego y la embriaguez, y hoy anda honrando los huesos de mi padre de juego en juego y de taberna en taberna, sucio, desaliñado y medio loco, atenido a una muy corta dieta que le sirve para contentar sus vicios.

Mi hermano Antonio, como que entró en la iglesia sin vocación sino en fuerza de los empujones de mi padre, ha salido un clérigo tonto, relajado y escandaloso, que ha dado harto que hacer a su prelado. Por accidente está en libertad, el Carmen y San Fernando, la cárcel y Tepotzotlán son sus casas y reclusiones ordinarias.

Mi hermana Isabel... ¡pobre muchacha! ¡Qué lástima me da acordarme de su desdichada suerte! Esta infeliz fue también víctima del mayorazgo. Mi padre la hizo entrar en religión contra su voluntad, para mejor asegurar el vínculo en mi hermano Damián, sin acordarse quizá de las terribles censuras y excomuniones que el Santo Concilio de Trento fulmina contra los padres que violentan a sus hijas a entrar en religión sin su voluntad;[15] y lo peor es que no pudo alegar ignorancia, pues mi hermana, viendo su resolución, hubo de confesarle llanamente cómo estaba inclinada a casarse con un joven vecino nuestro, que era igual a ella en cuna, en educación y en edad, muchacho

---

15 Ses. 25, cap. 18. Excomulga el Santo Concilio en este lugar a todas y cualesquiera personas, de cualquiera calidad que sean, tanto clérigos como legos, seculares o regulares, gocen de la dignidad que gozaren, si de cualquiera manera obligaren a alguna doncella, viuda u otra mujer... a entrarse en monasterio, a recibir el hábito de cualquiera religión o a profesar en ella. Excomulga también a todo el que para ello diere consejo, auxilio o favor, y lo que es más, a cuantos sabiendo que el ingreso al monasterio, la toma de hábito o la profesión, es a fuerza, interpusieren para el acto su autoridad o su presencia. De suerte que, como dice el señor Boneta, en sentir del eximio Suárez, los agresores de esta violencia incurren en tres excomuniones: en la primera, por el ingreso al monasterio; en la segunda, por la recepción del hábito; y en la tercera, por el acto de profesión. Hay casos, dice este autor, en que se justifica el tomar lo ajeno o el matar a otro; pero el violentar a una hija a que sea monja, no hay caso que lo justifique ni lo pueda justificar (En su libro *Gritos del Infierno*, pág. 211-12).

muy honrado, empleado en rentas reales, de una gallarda presencia, y, sobre todo, que la amaba demasiado; y con esta confesión le suplicó que no la obligase a abrazar un estado para el que no se sentía a propósito, sino que le permitiera unirse con aquel joven amable, con cuya compañía se contemplaría feliz toda su vida.

Mi padre, lejos de docilitarse a la razón, luego que supo con quién quería casarse mi hermana, se exaltó en cólera y la riñó con la mayor aspereza diciéndole que ésas eran locuras y picardías; que era muy muchacha para pensar en eso; que ese mozo a quien quería era un pícaro, tunante, que sabría tirarle cuanto llevara a su lado; que por bueno que a ella le pareciera, no pasaba de un pobre, con cuya nota deslucía todas las buenas cualidades que ella le suponía; y, por fin, que él era su padre y sabía lo que le estaba bien, y a ella solo le tocaba obedecer y callar, so pena de que si se oponía a su voluntad o le replicaba una palabra, le daría un balazo o la pondría en las Recogidas.[16]

Con este propósito y decreto irrevocable quedó mi pobre hermana desesperada de remedio, y sin más recurso que el del llanto, que de nada le valió.

Mi padre desde ese instante agitó las cosas, de modo que a los tres días ya Isabel estaba en el convento.

El joven su querido, luego que lo supo, quiso escribirla y acusarla de veleidosa e inconstante; pero mi padre, que le tenía tomadas todas las brechas, hubo de recoger la carta antes que llegara a manos de la novicia, y con ella, el dinero y un abogado caviloso, le armó al pobre tal laberinto de calumnias que a buen componer tuvo que ausentarse de México y perder su destino por no exponerse a peores resultados.

Todo este enjuague se hizo no solo sin noticia de mi hermana, sino antes tratando de desvanecer su pasión por medio de la arteria más vil, y fue fingir una carta y enviársela de parte de su amante, en la que le decía mil improperios, tratándola de loca, fea y despreciable, y concluía asegurándola

---

16 Hasta hoy conserva este nombre el edificio destinado anteriormente a la corrección de mujeres malas; pero ya hace mucho tiempo que por falta de fondos no ha servido a los objetos de su institución, sino muchas veces de cuartel, y ahora últimamente se ha establecido en él la fábrica de puros y cigarros. (N. del E.)

66

de su olvido para siempre, y afirmándola que estaba casado con una joven muy hermosa.

Esta carta se supuso escrita fuera de esta capital, y obró no el efecto que mi padre quería, sino el que debía obrar en un corazón sensible, inocente y enamorado, que fue llenarlo de congoja, exasperarlo con los celos, agitarlo con la desesperación y confundirlo en el último abatimiento.

A pocos meses de esta pesadumbre se cumplió el plazo del noviciado, y profesó mi hermana sacrificando su libertad no a Dios gustosamente, como el orador decía en el púlpito, sino al capricho y sórdido interés de mi padre.

Las muchas lágrimas que vertió la víctima infeliz al tiempo de pronunciar la fórmula de los votos persuadieron a los circunstantes a que salían de un corazón devoto y compungido; pero mis padres y yo bien sabíamos la causa que las originaba. Mi padre las vio derramar con la mayor frialdad y dureza, y aun me parece (perdóneme su respetable memoria) que se complacía en oír los ayes de esta mártir de la obediencia y del temor, como se complacía el tirano Falaris al escuchar los gritos y gemidos de los miserables que encerraba en su toro atormentador;[17] pero mi madre y yo llorábamos a su igual, y aunque nuestras lágrimas las producía el conocimiento de la pena de la desgraciada Isabel, pasaron en el concepto de los más por efecto de una ternura religiosa.

Se concluyó la función con las solemnidades y ceremonias acostumbradas; nos retiramos a casa y mi hermana a su cárcel (que así llamaba a la celda cuando se explayaba conmigo en confianza).

El tumulto de las pasiones agitadas que se habían conjurado contra ella, pasando del espíritu al cuerpo, le causó una fiebre tan maligna y violenta, que en siete días la separó del número de los vivientes... ¡Ay, amada Isabel! ¡Querida hermana! ¡Víctima inocente sacrificada en las inmundas aras de la vanidad, a sombra de la fundación de un mayorazgo! Perdone tu triste sombra la imprudencia de mi padre, y reciba mis tiernos y amorosos recuerdos

---

17 Bien conocido es de los eruditos el toro de Falaris. Éste era un buey grande y hueco, hecho de bronce, dentro del cual dicho tirano hacía meter a los que quería atormentar extrañamente, y estando encerrados hacía poner fuego alrededor del toro, el que penetrando a los infelices los hacía morir entre las más terribles ansias, crujiendo el aire sus ayes que parecían bramidos de la infernal máquina.

en señal del amor con que te quise y del interés que siempre tomé en tu desdichada suerte; y usted, amigo, disculpe estas naturales digresiones.

Cuando mi padre supo su fallecimiento, recibió por mano de su confesor una carta cerrada que decía así: «Padre y señor: la muerte va a cerrar mis ojos. A usted debo el morir en lo más florido de mis años. Por obediencia... No, por miedo de las amenazas de usted abracé un estado para el que no era llamada de Dios. Forzadamente sacrílega ofrecí a su Majestad mi corazón a los pies de los altares; pero mi corazón estaba ofrecido y consagrado de antemano con mi entera voluntad al caballero Jacobo. Cuando me prometí por suya puse a Dios por testigo de mi verdad, y este juramento lo habría cumplido siempre, y lo cumpliera en el instante de expirar, a ser posible; mas ya son infructuosos estos deseos. Yo muero atormentada, no de fiebre, sino del sentimiento de no haberme unido con el objeto que más amé en este mundo; pero a lo menos, entre el exceso de mi dolor, tengo el consuelo de que muriendo cesará la penosa esclavitud a que mi padre... ¡qué dolor!, mi mismo padre me condenó sin delito. Espero que Dios se apiadará de mí; y le pide use con usted de su infinita misericordia su desgraciada hija, la joven más infeliz. Isabel».[18]

Esta carta cubrió de horror y de tristeza el corazón de mi padre, así como la noche cubre de luto las bellezas de la tierra. Desde aquel día se encerró en su recámara, donde estaba el retrato de mi hermana vestida de monja, lloraba sin consuelo, besaba el lienzo y lo abrazaba a cada instante, se negó

---

18   Nada tiene de violento ni fabuloso este pasaje, mil han sucedido por su tenor. El doctor Boneta, en su librito ya citado, *Gritos del Infierno*, a la pág. 210 refiere que «una de estas forzadas, estando para morir, preguntó al confesor: Padre, si me muero, ¿dejaré de ser monja?, y respondiéndola que sí, empezó ella misma a cerrarse los ojos y a hacer los esfuerzos más rabiosos para adelantarse la muerte». Hasta aquí el autor citado. Y ¿que será esto lo más ni lo único que se ha visto con estas pobres que han sido monjas contra su voluntad? ¡Quiéralo Dios! Pero México mismo ha visto casos funestísimos tejidos de la propia tela, que no referimos porque algunos son muy recientes y privados para muchos. ¡De cuántos crímenes son reos ante el cielo los que violentan a sus hijas a ser monjas, y de cuántos modos puede hacerse esta violencia! Lo conciso de una nota no permite hacer una completa explicación; pero los padres timoratos y amantes de sus hijas ya se guardarán de forzarles su inclinación ni con amenazas, ni con ruegos, ni con promesas, ni con halagos, ni con persuasiones, ni con nada que huela a fuerza física o virtual, si no quieren comparecer reos de la más rigorosa responsabilidad ante el más justo de los jueces.

68

a la conversación de sus más gratos amigos, abandonó sus atenciones domésticas, aborreció las viandas más sazonadas de su mesa, el sueño huyó de sus ojos, toda diversión lo repugnaba, huía los consuelos como si fueran agravios, separó hasta la cama y habitación de mi madre, y, para decirlo de una vez, la negra melancolía llenó de opacidad su corazón, hurtó el color de sus mejillas, y dentro de tres meses lo condujo al sepulcro después de haber arrastrado noventa días una vida tristemente fatigada. Feliz será mi padre si compurgó con estas penas el sacrificio que hizo de mi hermana.

Muerto él, entró en absoluta posesión del mayorazgo mi hermano Damián, ya casado; mi madre y yo, que era el menor, nos fuimos a su casa donde nos trató bien algunos días, al cabo de los cuales se mudó por los consejos de su mujer, que no nos quería, y comenzaron los litigios.

Yo no pude sufrir que vejaran a mi madre, y así traté de separarla de una casa donde éramos aborrecidos. Como, por razón de ser hijo de rico, mi padre no me dedicó a ningún oficio ni ejercicio con que pudiera adquirir mi subsistencia, me hallé en una triste viviendita con madre a quien mantener, y sin tener para ello otro arbitrio que los cortos y dilatados socorros del mayorazgo.

En tan infeliz situación, me enamoré de una muchacha que tenía 500 pesos, y más bien por los 500 pesos que por ella, o séame lícito decir que más por recibir aquel dinero para socorrer a mi pobre y amada madre que por otra cosa, me casé con la dicha joven, recibí la dote, que concluyó en cuatro días, quedándome peor que antes y cada día peor, pues de repente me hallé con madre, mujer y tres criaturas.

Mis desdichas crecían al par de los días; me fue preciso reducir mi familia a esta triste accesoria, porque mi hermano probó en juicio que ya no tenía obligación de darme nada. Mi mujer, que tenía una alma noble y sensible, no pudiendo sufrir mis infortunios, rindió la vida a los rigores de una extenuación mortal, o por decirlo sin disfraz, murió acosada del hambre, desnudez y trabajos.

Yo, a pesar de esto, jamás he podido prostituirme al juego, embriaguez, estafa o ladronicio. Mis desdichas me persiguen, pero mi buena educación me sostiene para no precipitarme en los vicios. Soy un inútil, no por culpa

69

mía, sino por la vanidad de mi padre; pero al mismo tiempo tengo honor, y no soy capaz de abandonarme a lo mayorazgo (dígolo por mi hermano).

Cate usted aquí en resumen toda mi vida, y califique en la balanza de la justicia si seré pícaro como me juzgó, u hombre de bien como le signifíco; y cuando conforme a la razón creo que soy hombre de bien, advierta que no son los hombres lo que parecen por su exterior. Hombres verá usted en el mundo vestidos de sabios, y son unos ignorantes; hombres vestidos de caballeros, y a lo menos en sus acciones son unos plebeyos ordinarios; hombres vestidos de virtuosos, o que aparentan virtud, y son unos criminales encubiertos; hombres... ¿pero para qué me canso? Verá usted en el mundo hombres a cada instante indignos del hábito que traen, o acreedores a un sobrenombre honroso que no tienen, aunque no se recomienden por el traje, y entonces conocerá que a nadie se debe calificar por su exterior sino por sus acciones.

A este tiempo tocó la puerta la viejecita madre del trapiento, le abrió éste y entró con tres niñitos de la mano que luego fueron a pedirle la bendición a su papá, quien los recibió con la ternura de padre, y después de acariciarlos un rato me dijo: vea usted el fruto de mi amor conyugal, y los únicos consuelos que gozo en medio de esta vida miserable.

A pocos momentos de esta conversación se entró para adentro y salió la vieja con un pocillo de aguardiente y unos trapos, y me curó las ligeras roturas de cabeza. Después vino la cena y cenamos todos con la mayor confianza; acabada, me dieron una pobre colcha, que conocí hacía falta a la familia, y me acosté durmiendo con la mayor tranquilidad.

A otro día muy temprano me despertaron con el chocolate, y después que lo tomé me dijo el trapiento: amiguito, ya usted ha visto la venganza que he querido tomar del agravio que me hizo ayer; no tengo otra cosa ni otro modo con que manifestarle que lo perdono, pero usted reciba mi voluntad y no mi trivial agasajo. Únicamente le ruego que no pase por esta calle, pues los que han sabido que usted me calumnió de ladrón, si lo ven pasar por aquí, creerán, no que el juez me conoció y fió por hombre de bien, sino que nos hemos convenido y confabulado, y esto no le está bien a mi honor. Solo esto le pido a usted y Dios le ayude.

70

No es menester ponderar mucho lo que me conmovería una acción tan heroica y generosa. Yo le di las más expresivas gracias, lo abracé con todas mis fuerzas para significárselas, y le supliqué me dijera su nombre para saber siquiera a quién era deudor de tan caritativas acciones; pero no lo pude conseguir, pues él me decía: ¿para qué tiene usted que meterse en esas averiguaciones? Yo no trato de lisonjear mi corazón cuando hago alguna cosa buena, sino de cumplir con mis deberes. Ni quiero conocer a mis enemigos para vengarme de ellos, ni deseo que me conozcan los que tal vez reciben por mi medio un beneficio, porque no exijo el tributo de su gratitud, pues la beneficencia en sí misma trae el premio con la dulce interior satisfacción que deja en el espíritu del hombre; y si esto no fuera, no hubiera habido en el mundo idólatras paganos que nos han dejado los mejores ejemplos de amor hacia sus semejantes. Conque excúsese usted de esta curiosidad, y a Dios.

Viendo que me era imposible saber quién era por su boca, me despedí de él con la mayor ternura, acordándome de don Antonio, el que me favoreció en mi prisión, y me salí para la calle.

Capítulo V. En el que cuenta Periquillo la bonanza que tuvo, el paradero del escribano Chanfaina, su reincidencia con Luisa, y otras cosillas nada ingratas a la curiosidad de los lectores

Salí, pues, de la casa del trapiento medio confuso y avergonzado, sin acabar de persuadirme cómo podía caber una alma tan grande debajo de un exterior tan indecente; pero lo había visto por mis ojos y, por más que repugnara a mi ninguna filosofía, no podía negar su posibilidad.

Así pues, acordándome del trapiento y de mi amigo don Antonio, me anduve de calle en calle sin sombrero, sin chupa y sin blanca, que era lo peor de todo.

Ya a las once del día no veía yo de hambre, y para más atormentar mi necesidad tuve que pasar por la Alcaicería, donde saben ustedes que hay tantas almuercerías, y como los bocaditos están en las puertas provocando con sus olores el apetito, mi ansioso estómago piaba por soplarse un par de platos de tlemolillo con su pilón de tostaditas fritas; y así, hambriento, goloso y desesperado, me entré en un truquito indecente que estaba en la misma

71

calle, en el que había juego de pillaje. Hablaré claro, era un arrastraderito como aquél donde me metió Januario.

Entreme, como digo, y después de colocado en la rueda me quité el chaleco y comencé a tratar de venderlo, lo que no me costó mucho trabajo, en virtud de que estaba bueno y lo di en la friolera de seis reales.

De ellos rehundí dos en un zapato para almorzar, y me puse a jugar los otros cuatro; pero con tal cuidado, conducta y fortuna, que dentro de dos horas ya tenía de ganancia 6 pesos, que en aquellas circunstancias y en aquel jueguito me parecieron 600. No aguardé más, sino que, fingiendo que salía a desaguar, tomé el camino del bodegón más que de paso.

Me metí en él oliendo y atisbando las cazuelas con más diligencia que un perro. Pedí de almorzar, y me embaulé cinco o seis platitos con su correspondiente pulque y frijolillos; y ya satisfecho mi apetito, me marché otra vez para el truco con designio de comprar un sombrero, que lo conseguí fácilmente y a poco precio; por señas de que no logré de esta aventura otra cosa que almorzar y tener sombrero, pues todo cuanto les había ganado lo perdí con la misma facilidad que lo había adquirido. De suerte que no tuve más gusto que calentar el dinero, porque bien hecha la cuenta y a buen componer salí a mano, pues el sombrero me costó dos reales, y cuatro que gastaría en almuerzo y cigarros, fueron los seis reales en que vendí mi chaleco. Esto es lo que regularmente sucede a los jugadores: sueñan que ganan y al fin de cuentas no son sino unos depositarios del dinero de los otros, y esto es cuando salen bien, que las más veces vuelven la ganancia con rédito.

A consecuencia de haberme quedado sin medio real, me quedé también sin cenar, y por mucho favor del coime pasé la noche en un banco del truco, donde no extrañé los saltos de las pulgas y ratas, las chinches, la música de los desentonados ronquidos de los compañeros, el pestífero sahumerio de sus mal digeridos alimentos, el porfiado canto y aleteo de un maldito gallo que estaba a mi cabecera, lo mullido del colchón de tablas, ni ninguna de cuantas incomodidades proporcionan semejantes posadas provisionales.

En fin, amaneció el día, se levantaron todos tratando de desayunarse con aguardiente, según costumbre, y yo adivinando qué haría para meter algo debajo de las narices, porque por desgracia estaba con un estómago robusto que deseaba digerir piedras y no tenía con qué consolarlo.

72

En tan tristes circunstancias me acordé que aún tenía rosario con su buena medalla de plata y unos calzoncillos blancos de bramante casi nuevos. Me despojé de todo en un rincón y, como cuando tenía hambre vendía barato, al primero que me ofreció un peso por ambas cosas se las solté prontamente antes que se arrepintiera.

Me fui a un café donde me hice servir una taza del tal licor con su correspondiente mollete, y a la vuelta dejé en el bodegón dos reales y medio depositados para que me diesen de comer al medio día; compré medio de cigarros y me volví al truquito con cuatro reales de principal, pero aliviado del estómago y contento porque tenía segura la comida y los cigarros para aquel día.

Fueron juntándose los cofrades de Birján en la escuela, y cuando hubo una porción considerable se pusieron a jugar alegremente. Yo me acomodé en el mejor lugar con todos mis cuatro reales y comenzaron a correrse los albures.

Empecé a apostar de a medio y de a real, según mi caudal, y conforme iba acertando iba subiendo el punto con tan buena suerte que no tardé mucho en verme con 4 pesos de ganancia y mi medalla que rescaté.

No quise exponerme a que se me arrancara tan presto como el día anterior, y así, sin decir ahí quedan las llaves, me salí para la calle y me fui a almorzar.

Después de esta diligencia comencé a vagar de una parte a otra sin destino, casa, ni conocimiento, pensando qué haría o dónde me acomodaría siquiera para asegurar el plato y el techo.

Así me anduve toda la mañana hasta cosa de las dos de la tarde, hora en que el estómago me avisó que ya había cocido el almuerzo y necesitaba de refuerzo; y así, por no desatender sus insinuaciones, me entré a la fonda de un mesón donde pedí de comer de a cuatro reales, y comí con desconfianza por si no cenara a la noche.

Luego que acabé me entré al truco para descansar de tanto como había andado infructuosamente, y para divertirme con los buenos tacos y carambolistas; pero no jugaban a los trucos, sino a los albures en un rincón de la sala.

Como yo no tenía mejor rato que el que jugaba a las adivinanzas, me arrimé a la rueda con alguna cisca, porque los que jugaban eran payos con dinero y ninguno tan mugriento y desarrapado como yo.

Sin embargo, así que vieron que el primer albur que aposté fue de a peso, y que lo gané, me hicieron lugar, y yo me determiné a jugar con valor.

No me salió malo el pensamiento, pues gané como 500 pesos, una mascada, una manga y un billete entero de Nuestra Señora de Guadalupe.

Cuando me vi tan habilitado, quise levantarme y salirme, y aun hice el hincapié por más de dos ocasiones; pero como me veía acertado, y había tanto dinero, me picó la codicia y me clavé de firme en mi lugar, hasta que, cansada la suerte de serme favorable, volvió contra mí el naipe y comencé a errar a gran prisa, de manera que si lo que tenía lo había ganado en veinte albures, lo perdí todo en diez o doce, pues quería adivinar a fuerza de dinero.

En fin, a las cuatro de la tarde ya estaba yo sin blanca, sin manga, sin mascada y hasta sin mi medalla. No me quedó sino el billete, que no hubo quien me lo quisiera comprar ni dándolo con pérdida de un real.

Se acabó el juego, cada uno se fue a su destino y yo me salí para la calle con un real o dos que me dieron de barato.

Me encaminé a la Alcaicería al truquito de mi conocido, y, después de darle un real por la posada, me salí a andar las calles porque no tenía otra cosa que hacer. A las nueve de la noche cené de a medio, y me fui a acostar. Pasé una noche de los perros, lo mismo que la anterior. A otro día me levanté y me estuve asoleando en la puerta del truco hasta las diez, hora en que viendo que no había quien me convidara a almorzar, ni teniendo con qué ingeniarme, pues el que más me ofrecía era habilitarme sobre la camisa, la que no tuve valor de desnudarme, me fui a andar, fiado en el refrancillo que dice: perro que no anda no topa hueso.

Ya iba yo por esta calle, ya por la otra, sin destino fijo y sin serme de provecho tanto andar, hasta que pasando por la calle de Tiburcio vi mucha gente en una casa en cuyo patio había un tablado con dosel, sillas y guardias. Como todos entraban, entré también y pregunté ¿qué era aquello? Dijéronme que se iba a hacer la rifa de nuestra señora de Guadalupe. Al momento me acordé de mi billete, y aunque jamás había confiado en tales

74

suertes, me quedé en el patio, más bien por ver la solemnidad con que se hacía la rifa que por otra cosa.

En efecto se comenzó ésta, y a las diez o doce bolas fue saliendo mi número (que me acuerdo era 7596) premiado con 3.000 pesos. Yo paraba las orejas cuando lo estaban gritando, y cuando lo fijaron en la tabla hasta me limpiaba los ojos para verlo; pero cerciorado de que era el mismo que tenía, no sé cómo no me volví loco de gusto, porque en mi vida me había visto con tanto dinero.

Salí más alegre que la pascua florida y me encaminé para el truquito, porque por entonces no tenía mejores conocimientos que el coime y los concursantes del juego, pues aunque cada rato encontraba muchos de los que antes se decían mis amigos, una veces hacía yo la del cohetero por no verlos de vergüenza, y otras, que eran las más, ellos hacían que no me veían a mí, o ya por no afrentarse con mi pelaje, o ya por no exponerse a que les pidiera alguna cosa.

Fuime, pues, a mi conocido departamento, donde hallé ya formada la rueda de tahúres y a mi amigo el coime presidiendo con su alcancía, cola, barajas, jabón, tijeras y demás instrumentos del arte.

Como el dinero infunde no sé qué extraño orgullo, luego que entré los saludé no con encogimiento como antes, sino con un garbete que parecía natural. ¿Cómo va amigo coime? ¿Qué hay camaradas?, les dije. Él y ellos apenas alzaron los ojos a verme y, haciéndome un dengue como la dama más afiligranada, volvieron a continuar su tarea sin responderme una palabra.

Yo entonces apreté las espuelas al caballo de mi vanidad, y como rabiaba por participarles mi fortuna, les dije: ¡Hola! ¿Ninguno me saluda, eh? Pero ni es menester. Gracias a Dios que tengo mucho dinero y no necesito a ninguno de ustedes. Uno de los jugadores, que ese día asistía a la mesa, me conoció, como que fue mi condiscípulo en la primera escuela y sabía mi pronombre, y al oír la fanfarronada mía me miró y, como burlándose, me dijo: ¡Oh, Periquillo, hijo! ¿Tú eres? ¡Caramba! ¿Conque estás muy adinerado? Ven, hermano, siéntate aquí junto de mí, que algo más me ha de tocar de tu dinero que a las ánimas.

Me hizo jugar y yo admití el favor; pero qué mondada llevó él y los demás cuando advirtieron que dejé correr ocho o diez albures y no aposté un real. Entonces el condiscípulo me dijo: ¿pues dónde está el dinero, Periquillo? Está en libranza, dije yo. ¿En libranza? Y muy segura, y no es de cuatro reales, sino de tres mil pesotes. Diciendo esto les mostré mi billete, y todos se echaron a reír no queriendo persuadirse de mi verdad, hasta que por accidente entró allí un billetero con una lista, y yo le supliqué me la prestara para ver si había salido aquel billete.

De que el coime y los tahúres vieron que en efecto era cierto lo que les había dicho, toda la escena varió en el momento. Se suspendió el juego, se levantaron todos, y uno me da un abrazo, otro un beso, otro un apretón, y cada cual se empeñaba por distinguirse de los demás con las demostraciones de su afecto.

La noticia sola de que iba a tener dinero me hizo no haber menester nada desde aquel instante sin costarme blanca, porque me dieron de almorzar grandemente, me regalaron dos o tres cajillas de cigarros finos, me facilitaron dinero para jugar, y eso empeñando sus capotes el coime y otros; bien que esto no lo quise admitir, dándoles las gracias con aire de rico, considerando que aquellos favores los dirigía el interés, y aún no tenía un peso cuando ya mi cabeza estaba llena de viento, y me pesaba la amistad de aquellos pobretes trapientos.

Sin embargo, como los había menester a lo menos aquel día, permanecí con ellos ofreciendo a todos mi protección con intento de no cumplir a nadie mi promesa, y ellos me adulaban a porfía, confiando en que los 3.000 pesos se repartirían entre todos a prorrata, y aun creo que ya estaban haciendo las cuentas de en lo que los habían de gastar.

Finalmente, comí, bebí, cené y chupé todo el día sin que me costara nada. A la noche no permitió el coime que durmiera en el banco pelado como las dos noches anteriores, sino que a fuerza me cedió su cama, acostándose él sobre la mesa del truco, y apenas insinué que me incomodaba el canto del gallo, cuando lo echaron a la calle.

En un colchón, a lo menos, blando, con sus sábanas, colcha y almohada no pude dormir; toda la noche se me fue en proyectos. A las cuatro de la mañana me quedé dormido, y voluntariamente desperté como a las ocho

76

del día, y advertí que ya estaban todos jugando y guardando un silencio poco usado entre semejante gente. Me aproveché de su atención, me hice dormido y oí que hablaban sobre mí aunque en voz baja. Uno decía: yo tengo esperanzas de sacar todas mis prendas con esta lotería. Otro: si de ese dinero no me hago capote, ya no me lo hice en mi vida. Otro: espero en Dios que en cuanto cobre señor Perico el dinero nos remediamos todos. Y cómo que sí, decía el coime, lo bueno es que él es medio crestón, lo que importa es hacerle la barba.

Así discurrían todos contra los pobres 3.000 pesos, y yo, que no veía las horas de cobrarlos, hice que me estiraba y despertaba. Alcé la cabeza, y no los había acabado de saludar cuando ya tenía delante café, chocolate, aguardiente y bizcochos para que me desayunara con lo que apeteciera. Yo tomé el café, di las gracias por todo y me fui a cobrar mi billete.

Querían hilvanarse conmigo diez o doce de aquellos leperuscos, pero yo no sufrí más compañía que la del condiscípulo, que ya no me decía Periquillo, sino Pedrito; y por fortuna de él advertí que no habló una palabra que manifestara interés a mi dinero.

Llegué con él a cobrar el billete, y no solo no me lo pagaron, sino que, al ver nuestro pelaje, desconfiaron no fuera hurtado y, dándome el mismo número y un recibo, me lo detuvieron exigiéndome fiador.

¿Quién me había de fiar a mí en aquellas trazas, no digo en 3.000 pesos, pero ni en 4 reales? Sin embargo, no desesperé; me fui para el mesón donde había jugado y comprado el billete dos días antes, y luego que entré y me conocieron los tahúres y el coime comenzaron a pedirme las albricias con muchas veras, porque el billetero ya les había dicho cómo había salido premiado con 3.000 pesos el número que había vendido allí.

Yo, al ver que sabían todos lo que les quería descubrir, les dije: camaradas, yo estoy pronto a pagar las albricias, pero es menester que ustedes me proporcionen un fiador que me han pedido en la lotería; pues, como soy pobre, se desconfía de mí, y no se cree que el billete sea mío, y aun me lo han detenido.

Pues eso es lo de menos, dijo el coime, aquí estamos todos que vimos comprar a usted el billete, y el billetero que lo vendió que no nos dejará mentir. A este tiempo entró el dueño del mesón, y, sabedor del asunto, de su voluntad hizo llevar un coche y, mandándome entrar con él, fuimos a la lotería, en donde quedó por mí y me entregaron el dinero.

Cuando nos volvimos, me decía en el coche el señor que me hizo favor de cobrarlo: amigo, ya que Dios le ha dado a usted este socorro tan considerable por un conducto tan remoto, sepa aprovechar la ocasión y no hacer locuras, porque la fortuna es muy celosa, y en donde no se aprecia no permanece.

Éstos y otros consejos semejantes me dio, los que yo agradecí suplicándole me guardase mi dinero. Él me lo ofreció así, y en esto llegamos al mesón.

Subió el caballero mi plata dejándome 100 pesos que le pedí, de los que gasté veinte en darles albricias al coime y compañeros, y comer muy bien con mi fámulo y condiscípulo, que se llamaba Roque.

A la tarde me fui con él para el Parián, en donde compré camisa, calzones, chupa, capa, sombrero y cuanto pude y me hacía más falta; y todo esto lo hice con la ayuda de mi Roque, que me pintó muy bien. Volvímonos al mesón, donde tomé un cuarto, y, aunque no había cama, cené y dormí grandemente y me levanté tarde a lo rico.

Luego que nos desayunamos, puse un recibo de 500 pesos y se lo envié al señor mi depositario, quien al momento me remitió el dinero, salí con 100 pesos y a poco andar hallé una casa que ganaba 25 mensuales, la que tomé luego luego, porque me pareció muy buena.

Después me llevó Roque a casa de un almonedero con quien ajusté el ajuar en 200 pesos, con la condición de que a otro día había de estar la casa puesta. Le dejamos 20 pesos en señal y fuimos a la tienda de un buen sastre, a quien mandé hacer dos vestidos muy decentes, encargándole me hiciera favor de solicitar una costurera buena y segura, la que el sastre me facilitó en su misma casa. Le encargué me hiciera cuatro mudas de ropa blanca lo mejor que supiera, y que fueran las camisas de estopilla y a proporción lo demás; le di al sastre 80 pesos a buena cuenta y nos despedimos.

Roque me dijo que él me serviría de ayuda de cámara, escribiente y cuanto yo quisiera, pero que estaba muy trapiento. Yo le ofrecí mi protección y nos volvimos a la posada.

Comimos muy bien, dormimos siesta, y a las cuatro me eché otros 100 pesos en la bolsa y nos salimos al Parián, donde habilité a Roque de algunos trapillos regulares, y compré un reloj que me costó no sé cuánto; pero ello fue que me sobró un peso con el que fuimos a refrescar, y después volvimos al mesón, saqué dinero y nos fuimos a la comedia.

Después de ésta, cenamos en la fonda, tomamos vino y nos fuimos a acostar.

Así se pasaron cuatro o cinco días sin hacer más cosa de provecho que pasear y gastar alegremente. Al fin de ellos entró el sastre al mesón y me entregó dos vestidos completos y muy bien hechos de un paño riquísimo, las cuatro mudas de ropa como yo las quería, y la cuenta, por la que salía yo restando ciento y pico de pesos. No me metí en averiguaciones, sino que le pagué de contado y aun le di su gala. ¡Qué cierto es que el dinero que se adquiere sin trabajo, se gasta con profusión y con una falsa liberalidad!

A poco rato de haberse despedido el sastre, entró el almonedero avisando estar la casa ya dispuesta, que solo faltaba ropa de cama y criados, que si yo quería me lo facilitaría todo según lo mandara, pero que necesitaba dinero.

Díjele que sí, que quería las sábanas, colcha, sobrecama y almohadas nuevas, una cocinera buena y un muchacho mandadero; pero todo cuanto antes. Le di para ello el dinero que me pidió y se fue.

Aquel día lo pasé en ociosidad como los anteriores, y al siguiente volvió el almonedero diciéndome que solo mi persona faltaba en la casa. Entonces mandé a Roque trajera un coche, y pasé a la vivienda de mi depositario tan otro y tan decente que no me conocía a primera vista.

Cuando se hubo certificado de que yo era me dijo: no me parece mal que usted se vista decente, pero sería mejor que arreglara su traje a su calidad, destino y proporciones. Supongo que por lo primero no desmerece usted ése ni otro más costoso, pero por lo segundo, esto es, por sus cortas facultades, creeré que propasa los límites de la moderación, y que a diez o doce vestidos de éstos le ve el fin a su principal. Es cierto que el refrán vulgar dice: *vístete como te llamas*; y así usted, llamándose don Pedro Sarmiento y teniendo con qué, debe vestirse como don Pedro Sarmiento, esto es, como un hombre decente pobre; pero ahora me parece usted un marqués por su vestido, aunque sé que no es marqués ni cosa que lo valga por su caudal.

79

El querer los hombres pasar rápidamente de un estado a otro, o a lo menos el querer aparentar que han pasado, es causa de la ruina de las familias y aun de los estados enteros. No crea usted que consiste en otra cosa la mucha pobreza que se advierte en las ciudades populosas que en el lujo desordenado con que cada uno pretende salirse de su esfera.

Esto es tan cierto como natural, porque si el que adquiere, por ejemplo, 500 pesos anuales por su empleo, comercio, oficio o industria, quiere sostener un lujo que importe 1.000, necesariamente que ha de gastar los otros 500 por medio de las drogas, cuando no sea por otros medios más ilícitos y vergonzosos. Por eso dice un refrán antiguo que *el que gasta más de lo que tiene, no debe enojarse si le dijeren ladrón.*

Las mujeres poco prudentes no son las menos que contribuyen a arruinar las casas con sus vanidades importunas. En ellas es por lo común en las que se ve el lujo entronizado. La mujer o hija de un médico, abogado u otro semejante quiere tener casa, criados y una decencia que compita, o a lo menos iguale a la de una marquesa rica; para esto se compromete el padre o el marido de cuantos modos le dicta su imprudente cariño, y a la corta o a la larga resultan los acreedores, se echan sobre lo poco que existe, el crédito se pierde y la familia perece. Yo he visto después de la muerte de un sujeto concursar sus bienes, y, lo más notable, haber tenido lugar en el concurso el sastre, el peluquero, el zapatero, y creo que hasta la costurera y el aguador, porque a todos se les debía. Con semejantes avispas, ¿qué jugo les quedaría a los pobres hijos? Ninguno por cierto. Éstos perecieron como perecen otros sus iguales. Pero ¿qué había de suceder si cuando el padre vivía no alcanzaban las rentas para sostener coche, palco en el coliseo, obsequios a visitas, gran casa, galas y todos los desperdicios accesorios a semejantes francachelas? La llaga estuvo solapada en su vida, los respetos de su empleo para con unos, y la amistad o la adulación para con otros de los acreedores, los tuvieron a raya para no cobrar con exigencia; pero cuando murió, como faltó a un tiempo el temor y el interés, cayeron sobre los pocos bienecillos que habían quedado, y dejaron a la viuda en un petate con sus hijos.

Este cuento refiero a usted para que abra los ojos y sepa manejarse con su corto principalito sin disiparlo en costosos vestidos, porque si lo hace así,

80

cuando menos piense se quedará con cuatro trapos que mal vender y sin un peso en su baúl.

Fuera de que, bien mirado, es una locura querer uno aparentar lo que no es a costa del dinero, y exponiéndose a parecer lo que es en realidad con deshonor. Esto se llama quedarse pobre por parecer rico. Yo no dudo que usted con ese traje dará un gatazo a cualquiera que no lo conozca, porque quien lo vea hoy con un famoso vestido, y mañana con otro, no se persuadirá a que su gran caudal se reduce a dos mil y pico de pesos, sino que juzgará que tiene minas o haciendas, y como en esta vida hay tanto lisonjero interesable, le harán la rueda y le prodigarán muchas y rendidas adulaciones; pero cuando usted llegue, como debe llegar si no se aprovecha de mis consejos, a la última miseria, y, no pudiendo sostener la cascarita, conozcan que no era rico, sino un pelado vanidoso, entonces se convertirán en amarguras los gustos, y los acatamientos en desprecios.

Conque ya le he predicado amistosamente con la lengua y pudiera predicarle con el ejemplo. Veinte mil pesos cuento de principal; me ha venido la tentación de tenerle una muy buena casa a mi mujer y un cochecito, y ya ve usted que me sería fácil, pues todavía no me determino. Pero, ¡qué más!, la muestra que usted tiene sin disputa es mejor que la mía.

Acaso calificará usted esta economía de miseria, pero no lo es. Yo tengo también mi pedazo de amor propio y vanidad como todo hijo de su madre, y esta vanidad es la que me tiene a raya. ¿Lo creerá usted? Pues así es. Yo quisiera tener coche, pero este coche pide una gran casa, esta casa muchos criados, buenos salarios para que sirvan bien, y estos salarios fondos para que no se acaben en cuatro días. A esto se sigue mucha y buena ropa, un ajuar excelente, media vajilla, cuando menos, de plata; palco en el coliseo, otro coche de gala, dos o tres troncos de mulas buenas, lozanas y bien mantenidas, lacayos y todo aquello que tienen los ricos sin fatiga, y yo lo tendría cuatro días con ansias mortales, y al cabo de ellos, como que mi principal no es suficiente, daría al traste con coches, criados, mulas, ropa y cuanto hubiera, siéndome preciso sufrir el sacrificio de haber tenido y no tener, a más de los desprecios que tienen que sufrir los últimos indigentes.

Así es que no me resuelvo, amigo, y más vale paso que dure que no trote que canse. Yo no quiero que en mí sea virtud económica la que me contiene en mis límites, sino una refinada vanidad; sin embargo, el efecto es saludable pues no debo nada a ninguno, no tengo necesidad de cosa alguna de las precisas para el hombre, mi familia está decente y contenta, no tengo zozobras de que se me arranque pronto, y disfruto de las mejores satisfacciones.

Si usted me dijere que para tener coche no es necesario tener tanto boato como el que le pinté, diré que según los modos de pensar de las gentes; pero como yo no había de ser de los que tienen coche y le deben el mes a la cocinera, si se ofrece, de ahí es que para mí era menester más caudal que para ellos; porque, amigo, es una cosa muy ridícula ostentar lujo por una parte y manifestar miseria por otra; tener coche y sacar mulas que se les cuenten las costillas de flacas, o unos cocheros que parezcan judas de muchachos; tener casa grande por un lado, y por otro el casero encima; tener baile y paseos por un extremo, y por otro acreedores, trampas y boletos del montepío a puñados.

No amigo, esto no me acomoda; y lo peor es que de estas ridiculeces hay bastantes en México y en donde no es México.

¿Pues qué le diré a usted de un oficial mecánico o de otro pobre igual, que, no contando sino con una ratería que adquiere con sumo trabajo, se nos presenta el domingo con casaca y el resto del vestido correspondiente a un hombre de posibles, y el lunes está con su capotillo de mala muerte? ¿Qué diré de uno que vive en una accesoria, que le debe al casero un mes o dos, cuya mujer está sin enaguas blancas y los muchachos más llenos de tiras que un espantajo de *milpa*, y él gasta en un paseo o un almuerzo 8 o 10 pesos, teniendo tal vez que empeñar una prenda a otro día para desayunarse? Diré que son unos vanos, unos presumidos y unos locos; y esto mismo diré de usted si le sucediere igual caso. Conque usted hará lo que quiera, que harto le he dicho por su bien.

Yo me prendé de aquel hombre que tan bien me aconsejaba sin interés, pero no trataba de admitir por entonces sus consejos; y así, dandole las gracias de boca, le prometí observarlos exactamente y le pedí mi dinero.

Diómelo en el momento, exigiéndome un recibo. Yo le di 25 pesos como de albricias. Rehusolos recibir muchas veces, pero yo porfié con tal tenacidad en que los tomara que al fin los tomó; mas delante de mí cogió un clavo

82

y un martillo y comenzó a señalarlos uno por uno, y concluida esta diligencia los guardó en una gaveta de su escribanía.

Yo le pregunté que ¿para qué era aquella ceremonia? Y él me respondió que no había menester dinero, y así que lo guardaba para darlo de limosna a un infeliz miserable. Pero ¿siendo uno mismo cualquier dinero nuestro en su valor, le dije, no puede usted darle otros pesos a ese pobre, y no esos propios que ha marcado? Eso tiene mucho misterio, me dijo, y quiera Dios que usted no lo comprenda.

Con esto me despedí de él, cansado de tanta conversación, y dándole el dinero a Roque nos metimos en el coche con el almonedero, que ya estaba aburrido de esperarme.

Llegamos a mi casa que la hallé bastantemente limpia, provista y curiosa. Me posesioné de ella, aunque no me gustó mucho la cuenta que me presentó, que, para no cansarme en prolijidades, ascendió a no sé cuánto; ello es que en vestidos, ociosidades, albricias y casa ajuarada se gastaron en cuatro días 1.200 pesos.

Por mi desgracia la cocinera que me buscó el almonedero fue aquella Luisa que sirvió de dama a Chanfaina y a mí.

Luego que el almonedero me la presentó, la conocí, y ella me conoció perfectamente, pero uno y otro disimulamos. El almonedero se fue pagado a su casa, yo despaché a Roque a traer puros, y llamé a Luisa con la que me explayé a satisfacción, contándome ella cómo luego que salí de casa del escribano y él tras de mí, huyó ella del mismo modo que yo, y se fue a buscar sus aventuras en solicitud mía, pues me amaba tan tiernamente que no se hallaba sin mí; que supo cómo Chanfaina, no hallándola en su casa y estando tan apasionado por ella, se enfermó de cólera y murió a poco tiempo; que ella se mantuvo sirviendo ya en esta casa, ya en la otra, hasta que aquel almonedero, a quien había servido, la había solicitado para acomodarla en la mía, y que pues estados mudan costumbres, y ella me había conocido pobre y ya era rico, se contentaría con servirme de cocinera.

Como el demonio de la muchacha era bonita y yo no había mudado el carácter picaresco que profesaba, le dije que no sería tal, pues ella no era digna de servir sino de que la sirvieran.

En esto vino Roque, y le dije que aquella muchacha era una prima mía y era fuerza protegerla. Roque, que era buen pícaro, entendió la maula y me apoyó mis sentimientos. Él mismo le compró buena ropa, solicitó cocinera, y cátenme ustedes a Luisa de señora de la casa.

Yo estaba contento con Luisa, pero no dejaba de estar avergonzado, considerando que al fin había entrado de cocinera y que, por más que yo aparentara a Roque que era mi prima, él era harto vivo para ser engañado y, lejos de creerme, murmuraría mi ordinariez en su interior.

Con esta carcoma y deseando oír disculpado mi delito por su boca, un día que estábamos solos le dije: ¿qué habrás tú dicho de esta prima, Roque? Ciertamente no creerás que lo es, porque la confianza con que nos tratamos no es de primos, y en efecto, si has pensado lo que es, no te has engañado; pero amigo, ¿qué podía yo hacer cuando esta pobre muchacha fue mi valedora antigua, y por mí perdió la conveniencia que tenía, exponiéndose a sufrir una paliza o a cosa peor? Ya ves que no era honor mío el abandonarla ahora que tengo cuatro reales; pero, sin embargo, no dejo de tener mi vergüencilla, porque al fin fue mi cocinera.

Roque, que comprendió mi espíritu, me dijo: eso no te debe avergonzar Pedrito; lo primero, porque ella es blanca y bonita, y con la ropa que tiene nadie la juzgará cocinera, sino una marquesita cuando menos. Lo segundo, porque ella te quiere bien, es muy fiel y sirve de mucho para el gobierno de la casa. Y lo tercero, porque, aun cuando todos supieran que había sido tu cocinera y la habías ensalzado haciéndola dueña de tu estimación, nadie te lo había de tener a mal conociendo el mérito de la muchacha. Fuera de que no es esto lo primero que se ve en el mundo. ¡Cuántas hay que pasan plaza de costureras, recamareras, etc., y no son sino otras Luisas en las casas de sus amantes amos! Con que no seas escrupuloso, diviértete y ensánchate ahora que tienes proporción como otros lo hacen, que mañana vendrá la vejez o la pobreza y se acabará todo antes de que hayas gozado de la vida.

Claro está que el diablo mismo no podía haberme aconsejado más perversamente que Roque; pero ya se sabe que los malos amigos, con sus inicuos ejemplos y perniciosos consejos, son unos vicediablos diligentísimos que desempeñan las funciones del maligno espíritu a su satisfacción, y por eso dice el venerable Dutari que debemos huir, entre otras cosas, de los demonios que no espantan, y éstos son los malos amigos.

Tal era el pobre Roque, con cuyo parecer me descaré enteramente tratando a Luisa como si fuera mi mujer y holgándome a mis anchuras.

Raro día no había en mi casa baile, juego, almuerzos, comilitonas y tertulias, a todo lo que asistían con la mayor puntualidad mis buenos amigos. ¡Pero qué amigos! Aquellos mismos bribones que cuando estaba pobre no solo no me socorrieron, pero ya dije que hasta se avergonzaban de saludarme.

Éstos fueron los primeros que me buscaron, los que se complacían de mi suerte, los que me adulaban a todas horas y los que me comían medio lado. ¿Y que fuera yo tan necio y para nada que no conociera que todas sus lisonjas las dictaba únicamente su interés sin la menor estimación a mi persona? Pues así fue, y yo, que estaba envanecido con las adulaciones, pagaba sus embustes a peso de oro.

No solo mis amigos y mis antiguas conocidas me incensaban, sino que hasta la fortuna parece que se empeñaba en lisonjearme. Por rara contingencia perdía yo en el juego, lo frecuente era ganar, y partidas considerables como de 300, 500 y aun 1.000 pesos. Con esto gastaba ampliamente, y como todos me lisonjeaban tratándome de liberal, yo procuraba no perder ese concepto, y así daba y gastaba sin orden.

Si Luisa se hubiera sabido aprovechar de mis locuras, pudiera haber guardado alguna cosa para la mayor necesidad; pero, fiada en que era bonita y en que yo la quería, gastaba también en profanidades, sin reflexionar en que podía acabársele la hermosura o cansarse mi amor, y venir entonces a la más desgraciada miseria; mas la pobre era una tonta coquetilla, y pensaba como casi todas sus compañeras.

Yo no hacía caso de nada. La adulación era mi plato favorito, y como las sanguijuelas que me rodeaban advertían mi simpleza y habían aprendido con escritura el arte de lisonjear y estafar, me lisonjeaban y estafaban a su salvo.

Apenas decía yo que me dolía la cabeza, cuando todos se volvían médicos y cada uno me ordenaba mil remedios; si ganaba en el juego, no lo atribuían a casualidad, sino a mi mucho saber; si daba algún banquetito, me ensalzaban por más liberal que Alejandro; si bebía más de lo regular y me embriagaba,

85

decían que era alegría natural; si hablaba cuarenta despropósitos sin parar, me atendían como a un oráculo, y todos me celebraban por un talento raro de aquellos que el mundo admira de siglo en siglo. En una palabra: cuanto hacía, cuanto decía, cuanto compraba, cuanto había en mi casa, hasta una perrilla roñosa y una cotorra insulsa y gritadora, capaz de incomodar con su can, can al mismo Job, era para mis caros amigos (¡y qué caros!) objeto de su admiración y sus elogios.

Pero ¿qué más, si Luisa misma se reía conmigo a solas de verse adular tan excesivamente? Y a la verdad tenía razón, pues el almonedero que me puso la casa se hizo mi amigo, con ocasión de ir a ella muy seguido a venderme una porción de muebles que le compré, y este mismo, luego que vio el trato que yo daba a Luisa, olvidándose de que él propio la había llevado a mi casa de cocinera, la cortejaba, le hacía platos en la mesa y con la mayor seriedad le daba repetidamente el tratamiento de *señorita*.

Cuatro o cinco meses me divertí, triunfé y tiré ampliamente, y al fin de ellos comenzó a serme ingrata la fortuna, o hablando como cristiano, la Providencia fue disponiendo o justiciera el castigo de mis extravíos, o piadosa el freno de ellos mismos.

Entre las señoras o no señoras que me visitaban iba una buena vieja que llevaba una niña como de dieciséis años, mucho más bonita que Luisa, y a la que yo, a excusas de ésta, hacía mil fiestas y enamoraba tercamente, creyendo que su conquista me sería tan fácil como la que había conseguido de otras muchas; pero no fue así, la muchacha era muy viva y, aunque no le pesaba ser querida, no quería prostituirse a mi lascivia.

Tratábame con un estilo agridulce con el que cada día encendía mis deseos y acrecentaba mi pasión. Cuando me advirtió embriagado de su amor, me dijo que yo tenía mil prendas y merecía ser correspondido de una princesa; pero que ella no tenía otra que su honor, y lo estimaba en más que todos los haberes de esta vida; que ciertamente me estimaba y agradecía mis finezas, que sentía no poder darme el gusto que yo pretendía, pero que estaba resuelta a casarse con el primer hombre de bien que encontrara, por pobre que fuera, antes que servir de diversión a ningún rico.

Acabé de desesperarme con este desengaño, y, concibiendo que no había otro medio para lograrla que casarme con ella, le traté del asunto en

86

aquel mismo instante, y en un abrir y cerrar de ojos quedaron celebrados entre los dos los esponsales de futuro.

Mi expresada novia, que se llamaba Mariana, dio parte a su madre de nuestro convenio, y ésta quiso con tres más. Yo avisé política y secretamente lo mismo a un religioso grave y virtuoso que protegía Mariana por ser su tío, y no me costó trabajo lograr su beneplácito para nuestro enlace; pero, para que se verificara, faltaba que vencer una no pequeña dificultad, que consistía en ver cómo me desprendía de Luisa, a quien temía yo conociendo su resolución y lo poco que tenía que perder.

Mientras que adivinaba de qué medios me valdría para el efecto, no me descuidaba en practicar todas las precisas diligencias para el casamiento. Fue necesario ocurrir a mis parientes para que me franquearan mis informaciones. Luego que éstos supieron de mí con tal ocasión, y se certificaron de que no estaba pobre, ocurrieron a mi casa como moscas a la miel. Todos me reconocieron por pariente, y hasta el pícaro de mi tío el abogado fue el primero que me visitó y llenó varias veces el estómago a mi costa.

Ya las más cosas dispuestas, solo restaban dos necesarias: hacerle las donas a mi futura, y echar a Luisa de casa. Para lo primero me faltaba plata, para lo segundo me sobraba miedo; pero todo lo conseguí con el auxilio de Roque, como veréis en el

Capítulo VI. En el que se refiere cómo echó Periquillo a Luisa de su casa, y su casamiento con la niña Mariana

Tomado el dicho a mi novia, presentadas las informaciones y conseguida la dispensa de banas, solo restaba, como acabé de decir, hacerle las donas a mi querida y echar de casa a Luisa. Para ambas cosas pulsaba yo insuperables dificultades. Ya le había comunicado a Roque mi designio de casarme, encargándole el secreto; mas no le había dicho las circunstancias apuradas en que me hallaba, ni él se atrevía a preguntarme la causa de mi dilación; hasta que yo, satisfecho de su viveza, le dijo todo lo que embarazaba el acabar de verificar mis proyectos.

Luego que él se informó, me dijo: ¿y que hayas tenido la paciencia de encubrirme esos trampantojos que te acobardan sabiendo que soy tu criado, tu condiscípulo y tu amigo, y teniendo experiencia de que siempre te he servido con fidelidad y cariño? ¡Vamos!, no lo creyera yo de ti; pero dejemos sentimientos, y anímate, que fácilmente vas a salir de tus aprietos.

Por lo que toca a las donas, supongo que las querrás hacer muy buenas, ¿no es así? Así es en efecto, le dije, y ya ves que he gastado mucho, y que el juego días hace que no me ayuda. Apenas tendré en el baúl 300 pesos, con los que escasamente habrá para la función del casamiento. Si me pongo a gastarlos en las donas, no tengo ni con qué amanecer el día de la boda; si los reservo para ésta, no puedo darle nada a mi mujer, lo que sería un bochorno terrible, pues hasta el más infeliz procura darle alguna cosita a su novia el día que se casa. Conque ya ves que ésta no es tranca fácil de brincar.

Sí lo es, me dijo Roque muy sereno, ¿hay más que solicitar los géneros fiados por un mercader, y un aderecito regular por un dueño de platería? Pero ¿quién me ha de fiar esa cantidad, cuando yo no me he dado a conocer en el comercio?

¡Qué tonto eres, Pedrito, y cómo te ahogas en poca agua! Dime, ¿no es tu tío el licenciado Maceta? Sí lo es. ¿Y no es hombre de principal conocido? También lo es, le respondí, y muy conocido en México. Pues andar, decía Roque, ya salimos de este paso. Vístete lo mejor que puedas, toma un coche y yo te llevaré a un cajón y a una platería, a cuyos dueños conozco; preguntas por los géneros que quieras, pides cuantos has menester, los ajustas y los haces cortar, y ya que estén cortados dices al cajonero que esperas dinero de tu hacienda dentro de quince o veinte días; pero que, estando para casarte muy pronto y necesitando aquella ropa para arras o donas para tu esposa, le estimarás el favor de que te los supla, dejándole para su seguridad una obligación firmada de tu mano.

El comerciante se ha de resistir con buenas razones, pretextando mil embarazos para fiarte porque no te conoce. Entonces le preguntas tú que si conoce al licenciado Maceta, y que si sabe que es hombre abonado. Él te responderá que sí, y a seguida se lo propones de fiador. El mercader, deseoso de salir de sus efectos y viéndose asegurado, admitirá sin duda alguna. Lo propio haces con el platero, y cátate ahí vencida esta gravísima dificultad.

No me parece mal el proyecto, le dije a Roque, pero, si el tío no quiere fiarme, ¿qué hacemos? En ese caso quedo más abochornado. ¿Cómo no ha

88

de querer fiarte, dijo Roque, cuando te tiene por rico, te visita tan seguido y te quiere tanto?

Todo está muy bien, le contesté, pero ese mi tío es muy mezquino. Si supieras que a otro sobrino suyo que cierta vez se vio amenazado de llevar doscientos azotes en las calles públicas, no solo no lo favoreció sabiéndolo, sino que le escribió una esquela muy seca dándole a entender que si en dinero estribaba librarse de esa afrenta que no contara con él, sino que la sufriera, pues la había merecido, ¿qué dijeras? Dijera, me contestó Roque, que eso lo hizo con un sobrino pobre; pero mis orejas apuesto a que no lo hace con un sobrino como tú. Mira, Pedrito, el hombre muy mezquino ordinariamente es muy codicioso, y su mismo interés le hace ser franco cuando menos piensa; por eso dice el refrán que la codicia rompe el saco; y otro dice que siempre el estreñido muere de cursos. Sobre todo, hagamos la tentativa, que nada cuesta. Dile que apenas tienes en el baúl 2.000 pesos, que piensas sacar dinero a réditos para quedar bien en este lance, que dentro de quince o veinte días te traerán o dinero, o ganado de tu hacienda; cuéntale cuantas mentiras puedas, y regálale alguna cosa bonita a su mujer, convidando a los dos para padrinos; y cuando hayas hecho todo esto, dile cómo están los géneros y alhajas detenidos por falta de un fiador, y que tú, descansando en su amistad, lo propusiste por tal, creyendo no te desairaría. Esto lo has de decir después de comer, y después de haber llenado la copa cinco o seis veces, teniendo prevenido el coche a la puerta; y móchame si no sucede todo a medida de nuestro deseo.

Convencido con la persuasión de Roque, me determiné a poner en práctica sus consejos, y todo sucedió al pie de la letra, según él me había pronosticado; porque apenas me dio el deseado sí mi dicho tío, cuando, sin darle lugar a que se arrepintiera, nos embutimos en el coche, fuimos al cajón y se extendió la obligación en cabeza del tío en estos términos: «Digo yo el licenciado don Nicanor Maceta: que por la presente me obligo en toda forma a satisfacer a don Nicasio Brundurin, de este comercio, la cantidad de un 1.000 pesos, importe de los géneros que ha sacado de su casa al crédito mi sobrino don Pedro Sarmiento para las donas de su esposa; cuya obligación cumpliré pasado el plazo de un mes, en defecto del legítimo deudor mi expresado sobrino. Y para que conste lo firmé etc.».

89

Recibió el don Nicasio su papelón muy satisfecho, y yo mis géneros, que metí en el coche, y nos fuimos a la platería, donde se representó la misma escena, y me dieron un aderezo y cintillo de brillantitos que importó quinientos y pico de pesos.

Dejé en la sastrería los géneros, dando al sastre las señas de la casa de mi novia y orden para que fuese a tomarle las medidas, le hiciese la ropa y le entregase de mi parte las alhajas.

Concluida esta diligencia, me volví a casa con el tío, quien me decía en el coche de cuando en cuando: cuidado Pedrito, por Dios, no quedemos mal que estoy muy pobre. Y yo le respondía con la mayor socarra: no tenga usted cuidado, que soy hombre de bien y tengo dinero.

En esto llegamos a casa, refrescamos y mi tío se fue a la suya; cenamos y, después que Luisa se acostó, llamé a Roque y le dije: no hay duda, amigo, que tú tienes un expediente liberal para todo. Yo te doy las gracias por la bella industria que me diste para salir de mi primera apuración; pero falta salir de la segunda, que consiste en ver cómo se va Luisa de casa, porque ya ves que dos gatos en un costal se arañan. Ella no puede quedar en casa conmigo y Marianita, porque es muy celosa, mi mujer no será menos, y tendremos un infierno abreviado. Si una mujer celosa se compara en las Sagradas Letras a *un escorpión, y se dice que no hay ira mayor que la ira de una mujer, qué mejor sería vivir con un león y con un dragón que con una de éstas,* ¿qué diré yo al vivir con dos mujeres celosas o iracundas? Así pues, Roque, ya ves que por manera alguna me conviene vivir con Luisa y mi mujer bajo de un techo; y siendo la última la que debe preferirse, no sé cómo desembarazarme de la primera, mayormente cuando no me ha dado motivo; pero ello es fuerza que salga de mi casa, y no sé el modo.

Eso es lo de menos, me dijo Roque, ¿me das licencia de que la enamore? Haz lo que quieras, le respondí. Pues entonces, continuó él, haz de cuenta que está todo remediado. ¿Qué mujer es más dura que una peña? Y en una peña hace mella una poca de agua cayendo con continuación. Yo te prometo rendirla en cuatro días. No la quiero, pero solo por servirte la seduciré lo mejor que pueda, y cuando logre sus favores aplazaré un rato crítico, en el que tú, hallándonos en parte sospechosa, puedas, si quieres, darle una paliza, suponiendo tener mucha razón, y echarla de tu casa en el instante sin que ella tenga boca para reconvenirte.

Concebí que el proyecto de Roque era demasiado injusto y traidor, pero me convine con él, porque no encontré otro más eficaz; y así, dándole mis veces, esperaba con ansia el apurado momento de lanzar a Luisa de mi casa.

Roque, que, no siendo mal mozo, era muy lépero, y con reales que yo le franqueé para la empresa, se valió de cuantas artes le sugirió su genio para la conquista de la incauta Luisa, la que no le fue muy difícil conseguir, como que ella no estaba acostumbrada a resistir estos ataques; y así, a pocos tiros de Roque rindió la plaza de su falsa fidelidad, y el general señaló día, hora y lugar para la entrega.

Convenidos los dos, me dio el parte compactado, y, cuando la miserable estaba enajenada deleitándose en los brazos de su nuevo y traidor amante, entré yo, como de sorpresa, fingiendo una cólera y unos celos implacables y, dándole algunas bofetadas y el lío de su ropa que previne, la puse en la puerta de la calle.

La infeliz se me arrodilló, lloró, perjuró e hizo cuanto pudo para satisfacerme; pero nada me satisfizo, como que yo no había menester sus satisfacciones, sino su ausencia. En fin, la pobre se fue llorando, y yo y Roque nos quedamos riendo y celebrando la facilidad con que se había desvanecido el formidable espectro que detenía mi casamiento.

Pasados ochos días de su ausencia, se celebraron mis bodas con el lujo posible, sin faltar la buena mesa y baile que suele tener el primer lugar en tales ocasiones.

A la mesa asistieron mis parientes y amigos, y muchos más entremetidos a quienes yo no conocía, pero que se metieron a título de sinvergüenzas aduladores, y yo no podía echarlos de mi casa sin bochorno; pero ello es que acortaron la ración a los legítimamente convidados, y fueron causa de que la pobre gente de la cocina se quedase sin comer.

Concluida la comida, se dispuso el baile, que duró hasta las tres de la mañana, y hubiera durado hasta el amanecer si un lance gracioso y de peligro no lo hubiera interrumpido.

91

Fue el caso que, estando la sala llena de gente, no sé por qué motivo tocante a una mujer, de repente se levantaron de sus asientos dos hombres decentes, y, habiéndose maltratado de palabra un corto instante, llegaron a las manos, y el uno de ellos, afianzando a su enemigo del peinado, se quedó con el casquete en las manos, y el contrario apareció secular en todo el traje, y solo fraile en el cerquillo.

En este momento depuso la ira el enemigo; la mujer, objeto de la riña, desapareció del baile; todos los circunstantes convirtieron en risa el temor de la pendencia, y el religioso hubiera querido ser hormiga para esconderse debajo de la alfombra.

En tan ridículas circunstancias salió en su traje aquel buen religioso que os he dicho que era tío de mi mujer, el que por muchas instancias, y con la ocasión de haberse casado su sobrina, había asistido a la mesa públicamente y se divertía un rato con el baile, casi escondido en la recámara. Salió de ella, digo, y lleno de una santa cólera, encarándose con el religioso disfrazado, le dijo: ¡ni sé si hablarle a usted como a religioso o como a secular, pues todo me parece en este instante, porque de todo tiene, como el murciélago de la fábula, que cuando le convenía ser ave, alegaba tener alas, y cuando terrestre, lo pretendía probar con sus tetas! Usted por la cabeza parece religioso, y por el cuerpo secular; y así vuelvo a decir que no sé por qué tenerlo y cómo tratarlo, aunque la buena filosofía me dicta que es usted religioso, porque es más creíble que un religioso extraviado se disfrace en traje de secular para ir a un baile, que no que un secular se abra cerquillo para el mismo efecto.

Pero, siendo usted religioso, ¿no advierte que con presentarse en un baile en semejante traje da a entender que se avergüenza de tener hábitos, porque éstos no parecen bien en los bailes? ¿No está pregonando su relajación y cometiendo una interrumpida apostasía? ¿No ve que infringe el voto de la obediencia? ¿No reflexiona que escandaliza a sus hermanos que lo saben y a los seculares que lo conocen, pues es muy raro el religioso que no es conocido por algunos individuos en un baile? ¿No atiende a que quita el crédito a sus prelados injustamente, pues los seculares poco instruidos creerán que el disimulo o la indolencia de sus superiores produce estas licencias desordenadas, cuando los que tenemos en las religiones el cargo de gober-

92

nar a los demás, por más que hagamos, no podemos muchas veces contener a los díscolos ni penetrar los infernales arbitrios de que se valen para eludir nuestro celo y vigilancia?

Y si esto es solo por el hecho de presentarse en un baile vestido de secular, ¿qué será por venir con mujeres y suscitar en tales concurrencias riñas y pendencias por ellas con la ocasión perversa de los celos?

No quiero aquí saber ni quién es, ni en qué religión ha profesado; básteme ver en usted un fraile, y considerar que yo lo soy, para avergonzarme de su exceso. Pero hermano de mi alma, ¿qué más hará el secular más escandaloso en tales lances cuando ve que un religioso que ha profesado la virtud, que ha jurado separarse del mundo y refrenar sus pasiones, es el primero que lo escandaliza con su perverso ejemplo? ¿Qué dirán los señores que conocen a usted y están presenciando este lance? Los prudentes lo atribuirán a la humana fragilidad, de la que no está el hombre libre no digo en los claustros, pero ni en el mismo apostolado; pero los impíos, los necios e imprudentes no solo murmurarán su liviandad, sino que vejarán su misma religión diciendo: los frailes de tal parte son enamorados, curros, valentones y fandangueros como fulano, cediendo sin ninguna justicia en deshonor de su santa religión el escándalo personal que acaba usted de darles con su mal ejemplo.

Quizá y sin quizá algunas determinadas religiones son el objeto de la befa privada en boca de los libertinos imprudentes por esta causa... Pero ¿qué dije *privada*? La mofa pública y general que han sufrido casi todas las religiones no la ha motivado sino el mal proceder de algunos de sus hijos escandalosos y desnaturalizados.

No por esto se crea que yo soy un fraile que me escandalizo de nada, ni me hago el santo. Soy pecador, ¡ojalá no lo fuera! Sé que el descuido de usted ni es el primero ni el más atroz de los que el mundo ha visto; sé también que hay ocasiones en que es indispensable a los religiosos asistir a los bailes; pero sé que en estas ocasiones pueden estar con sus hábitos, que nada indecorosos son cuando visten a un individuo religioso; sé que la sola asistencia de un fraile en un baile, con licencia tácita o expresa de su prelado, no es pecado; sé que no es menester que el dicho religioso en tales lances juegue, baile, riña, corteje ni escandalice de modo alguno a los seculares; antes sí, tiene en los mismos bailes y concurrencias un lugar muy amplio para

93

edificarlos y honrar su religión sin afectación ni monería. Lo mismo dijera de los clérigos si me perteneciera. Y esto ¿cómo se puede lograr a poca costa? Con no manifestar inclinación a ellos ni tenerla en efecto, y con portarnos como religiosos cuando la política u otro accidente nos obligue a asistir a las funciones de los seculares.

No soy tan rigorista que tenga por crimen todo género de concurrencia pública con los seglares. No señor, la profesión religiosa no nos prohíbe la civilización que le es tan natural y decente a todo hombre; antes muchas ocasiones debemos prestarnos a las más festivas concurrencias, si no queremos cargar con las notas de impolíticos y cerriles. Tales son, por ejemplo, la bendición de una casa o hacienda, el parabién de un empleo o la asistencia a su posesión, una cantamisa, un bautismo, un casamiento y otras funciones semejantes.

En una palabra, en mi concepto no es lo malo que tal cual vez asista un religioso a estos actos, sino que sea frecuente en ellos, y que no asista como quien es, sino como un secular escandaloso.

La virtud no está reñida con la civilización. Jesucristo, que nos vino a enseñar con su vida y ejemplo el camino del cielo, nos dejó autorizada esta verdad, ya asistiendo a las bodas y convites públicos que le hacían, y ya familiarizándose con los pecadores como con la Samaritana y el Publicano. ¿Pero cómo asistía el Señor a tales partes, para qué, y cuál era el fruto que sacaba de sus asistencias? Asistía como la misma santidad, asistía para edificar con su ejemplo, instruir con su doctrina y favorecer a los hombres con sus gracias, siendo el fruto de tan divinas asistencias la conversión de muchos pecadores extraviados. ¡Oh!, si los religiosos que asisten a funciones y convites profanos no fueran sino a edificar a los concurrentes con sus modestos ejemplos, ¡qué diferente concepto no formaran de ellos los seglares, y cuántas llanezas y atrevimientos pecaminosos se excusarían con su respetable presencia!

Eh, basta de sermón. Si he excedido los límites de una represión fraternal, sépase que ha sido no para confusión de este religioso, sino para su enmienda y escarmiento; lo he hecho en este lugar porque en este lugar ha delinquido, y al que en público peca se debe corregir públicamente; y, por último, he dicho, señores, lo que habéis oído para que se advierta que si hay algunos pocos frailes relajados que escandalicen, también hay muchos que abominen el escándalo y que edifiquen con su buen ejemplo. Ustedes continúen divirtiéndose y pasen buena noche.

Diciendo esto, se entró mi tío a la recámara que se le destinó, llevándose de la mano al religioso. Los más de los bailadores ya se habían ido porque no les acomodó el sermón; los músicos se estaban durmiendo, mis padrinos y yo teníamos ganas de acostarnos, y, con esto, pagó Roque lo que se debía a los dichos músicos, se fueron todos a sus casas y nos recogimos.

Al siguiente día nos levantamos tarde yo y mi esposa, a hora en que ya el tío había llevado al frailecito a su convento, aunque, según después supimos, solo lo dejó en su celda acompañándolo como amigo sin acusarlo ante su prelado como él temía.

Se pasaron como quince días de gustos en compañía de mi esposa, a quien amaba más cada día, así porque era bonita, como porque ella procuraba ganarme la voluntad; pero como en esta vida no puede haber gusto permanente, y es tan cierto que la tristeza y el llanto siempre van pisándole la falda al gozo, sucedió que se cumplió el plazo puesto al cajonero y al platero, y cada uno por su parte comenzó a urgirme por su dinero.

Yo tan lejos estaba de poder pagarles que ya se me había arrancado de raíz, y tenía que estar enviando varias cosas al Parián y al Montepío a excusas de mi mujer, porque no conociera tan presto la flaqueza de mi bolsa.

Los acreedores, viendo que a la primera y segunda reconvención no les pagué, dieron sobre el pobre abogado, y éste, no queriendo desembolsar lo que no había aprovechado, me aturdía a esquelas y recados, los que yo contestaba con palabritas de buena crianza, dándole esperanzas, y concluyendo con que pagara por mí que yo le pagaría después; mas eso solamente era lo que él procuraba excusar.

No sufrieron más dilación los acreedores, sino que se presentaron al juez contra el abogado, manifestando la obligación que había otorgado de pagar en defecto mío. El juez, que no era lego, al ver la obligación se sonrió y les dijo a los demandantes que aquella obligación era ilegal, y que ellos vieran lo que hacían porque tenían perdido su dinero, en virtud de una ley expresa[19] que dice: «Y para remediar el imponderable abuso que con el mismo motivo

---

19   Aut. 4, tít. 12, lib. 7 de la *Recopilación* en el § 26.

95

de bodas se experimenta en estos tiempos, mando que los mercadores, plateros de oro y plata, lonjistas, ni otro género de personas por sí ni por interposición de otras personas puedan en tiempo alguno pedir, demandar, ni deducir en juicio las mercaderías y géneros que dieron al fiado para dichas bodas a cualesquiera personas de cualquier estado, calidad y condición que sean».[20]

Fríos se quedaron los pobres acreedores con esta noticia; pero no desmayaron, sino que pusieron el negocio en la Audiencia. El abogado, que se vio acosado por dos enemigos en un tribunal tan serio, trató de defenderse y halló la ley que citó a su favor; pero no le valió, pues los señores de la Audiencia sentenciaron que en clase de multa pagara el licenciado la cantidad demandada, pues o había obrado con demasiada malicia o ignorancia en el caso, y de cualquiera manera era acreedor a la pena, o bien por la mala fe con que había obrado engañando a los demandantes, o bien por la crasa ignorancia de la ley que tenían en contra, lo que era no disculpable en un letrado.

Con esto el miserable tío escupió la plata mal de su grado, y siguió la demanda contra mí, que, sabedor ya de cuanto había ocurrido, protestando siempre pagar a mejora de fortuna, me afiancé de la misma ley para librarme de la ejecución, y se declaró no tener lugar dicha demanda judicialmente.

En este estado quedó el asunto y perdido el dinero del tío, a quien jamás le pagué. Mal hecho por mi parte, pero justo castigo de la codicia, adulación y miseria del Licenciado.

En éstas y las otras se pasaron como tres meses, tiempo en que, no pudiendo ocultarle ya a mi mujer mis ningunas proporciones, fue preciso ir vendiendo y empeñando la ropa y alhajitas de los dos para mantener el lujo de comedia a que me había acostumbrado, de modo que los amigos no extrañaban los almuercitos, bailes y bureos que estaban acostumbrados a disfrutar.

---

20 Don Marcos Gutiérrez en su Febrero reformado en comprobación de esta decisión legal trae el caso ejecutoriado entre don Antonio Zorraquín, mercader, y don Eugenio Cachurro, su deudor de más de doce mil reales que le prestó para su boda. El citado mercader puso pleito ejecutivo al segundo el año de 1760 exigiéndolo de paga, el juez declaró por nula la escritura de obligación como hecha contra ley expresa, y el consejo confirmó la sentencia en apelación. Febrero, P. 1, tom. 2, cap, 18 § 25.

Mi esposa sola era la que no estaba contenta con ver su ropero vacío. Entonces conoció que yo no era un joven rico, como ella había pensado, sino un pobre vanidoso, flojo e inútil que nada tardaría en reducirla a la miseria; y como no se me había entregado por amor sino por interés, luego que se cercioró de la falta de éste, comenzó a resfriarse en su cariño, y ya no usaba conmigo los extremos que antes.

Yo de la misma manera empecé a advertir que ya no la amaba con la ternura que al principio, y aun me acordaba con dolor de la pobre Luisa. Ya se ve, como tampoco me casé por amor, sino por otros fines poco honestos, deslumbrado con la hermosura de Mariana y agitado por la privación de mi apetito, luego que éste se satisfizo con la posesión del objeto que deseaba, se fue entibiando mi amor insensiblemente, y más cuando advertí que ya mi esposa no tenía aquellos colores rozagantes que de doncella; y, para decirlo de una vez, luego que yo satisfice los primeros ímpetus de la lascivia, ya no me pareció ni la mitad de lo que me había parecido al principio. Ella, luego que conoció que yo era un pelado y que no podía disfrutar conmigo la buena vida que se prometió, también me veía ya de distinto modo, y ambos, comenzando a vernos con desvío, seguimos tratándonos con desprecio, y acabamos aborreciéndonos de muerte.

Ya muy cerca de este último paso sucedió que estaba yo debiendo cuatro meses de casa, y el casero no podía cobrar un real por más visitas que me hacía. No faltó de mis más queridos amigos quien le dijera cómo yo estaba muy pobre, y que no se descuidara; bien que aunque esto no se lo hubiera dicho, mi pobreza ya se echaba de ver por encima de la ropa, pues ésta no era con el lujo que yo acostumbraba; las visitas se iban retirando de mi casa con la misma prisa que si fuera de un lazarino; mi mujer no se presentaba sino vestida muy llanamente porque no tenía ningunas galas; el ajuar de la casa consistía en sillas, canapés, mesas, escribanías, roperos, seis pantallas, un par de bombas, cuatro santos, mi cama y otras maritatas de poco valor; y para remate de todo, mi tío el fiador, viendo que no le pagaba, no solo quebró la amistad enteramente, sino que se constituyó mi más declarado enemigo, y no quedó uno, ni ninguno de cuantos me conocían, que no supieran que yo le había hecho perder más de talega y media, pues a todos se lo contaba,

97

añadiendo que no tenía esperanza de juntarse con su dinero, porque yo era un pelagatos, farolón y pícaro de marca.

No parece este vil proceder de mi tío, sino al de la gente ordinaria que no está contenta si no pregona por todo el mundo quiénes son sus deudores, de cuánto, y cómo contrajeron las deudas, sin descuidarse por otra parte de cobrar lo que se les debe. Por esto el discreto Bocángel dice:

No debas a gente ruin,
Pues mientras estás debiendo,
Cobran primero en tu fama,
Y después en tu dinero.

Con semejantes clarines de mi pobreza claro está que el casero no se descuidaría en cobrarme. Así fue. Viendo que yo no daba traza de pagarle, que la casa corría, que mi suerte iba de mal en peor y que no le valían sus reconvenciones extrajudiciales, se presentó a un juez, quien después de oírme me concedió el plazo perentorio de tres días para que le pagara, amenazándome con ejecución y embargo en el caso contrario.

Yo dije amén, por quitarme de cuestiones, y me fui a casa con Roque, quien me aconsejó que vendiera todos mis muebles al almonedero que me los había vendido, pues ninguno los pagaría mejor; que recibiera el dinero, me mudara a una viviendita chica con la cama, trastos de cocina y lo muy preciso, pero por otro barrio lejos de donde vivíamos; que despidiera en el día a las dos criadas para quitarnos de testigos, mas que comiéramos de la fonda; y hechas estas diligencias, la víspera del día en que temía el embargo, por la noche me saliera de la casa dejándole las llaves al almonedero.

Como yo era tan puntual en poner en práctica los consejos de Roque, hice al pie de la letra y con su auxilio cuanto me propuso esta vez. Él fue a buscar la casa y la aseguró, y yo en los dos días traté de mudar mi cama y algunos pocos muebles, los más precisos. Al día tercero llamó Roque al almonedero, quien vino al instante, y yo le dije que tenía que salir de México al siguiente sin falta alguna, que si me quería comprar los muebles que dejaba en la casa, que lo prefería a él para vendérselos, porque mejor que nadie sabía lo que habían costado, y que si no los quería que me lo avisara para buscar marchantes, en inteligencia de que me importaba verificar el trato en el mismo día, pues tenía que salir al siguiente.

El almonedero me dijo que sí, sin dilatarse; pero comenzó a ponerles mil defectos que no conoció al tiempo de venderlos.

Esto es antiguo, me decía, esto ya no se usa; esto está quebrado y compuesto; esto está medio apolillado; esto es de madera ordinaria; esto está soldado; a esto le falta esta pieza; a esto la otra; esto está desdorado; ésta es pintura ordinaria; y así le fue poniendo a todo sus defectos y haciéndomelos conocer, hasta que yo enfadado le di en 80 pesos todo lo que le había pasado en 160; pero por fin cerramos el trato, y me ofreció venir con el dinero a las oraciones de la noche.

No faltó a su palabra. Vino muy puntual con el dinero, me lo entregó y me exigió un recibo, expresando en él haberle yo vendido en aquella cantidad tal, y tal, y tal mueble de mi casa con las señas particulares de cada cosa. Yo, que deseaba afianzar aquellos reales y mudarme, se lo di a su entera satisfacción con las llaves de casa, encargándole las volviera al casero, y sin más ni más cogí el dinero y me metí en un coche (que me tenía prevenido Roque) con mi esposa, despidiéndome del almonedero y guiando al cochero para la casa nueva que Roque le dijo.

Luego que llegamos a ella, advirtió mi esposa que era peor y más reducida que la que tenía antes de casarse, con menos ajuar y sin una muchacha de a doce reales. La infeliz se contristó y manifestó su sentimiento con imprudencia; yo me incomodé con sus delicadezas echándole en cara la ninguna dote que llevó a mi poder; tuvimos la primera riña en que desahogamos nuestros corazones, y desde aquel instante se declaró nuestro mutuo aborrecimiento. Pero dejemos nuestro infeliz matrimonio en este estado, y pasemos a ver lo que sucedió al día siguiente en mi antigua casa.

No parece sino que los accidentes aciagos se rigen a las veces por un genio malhechor para que sucedan en los instantes críticos de la desgracia, porque en el mismo día tercero que el almonedero fue con las llaves a sacar los muebles vendidos y en la misma hora llegó el casero con el escribano que llevaba a raja tablas la orden de proceder al embargo de mis bienes.

Abrió el almonedero y entró con sus cargadores para desocupar la casa, y el casero con el escribano y los suyos para el mismo efecto. Aquí fue ello.

99

Luego que los dos se vieron y se comunicaron el motivo de su ida a aquella casa, comenzaron a altercar sobre quién debía ser preferido. El casero alegaba la orden del juez, y el almonedero mi recibo. Los dos tenían razón y demandaban en justicia, pero uno solo era quien debía quedarse con mis muebles, que no bastaban para satisfacer a dos. El casero ya se conformaba con que se dividiera el infante y se quedara cada uno con la mitad, pero el almonedero, que había desembolsado su plata, no entraba por ese aro.

Por último, después de mil inútiles altercaciones se convinieron en que los muebles se quedasen en la casa, inventariados y depositados en poder del sujeto más pudiente de la vecindad hasta la sentencia del juez, el que declaró pertenecerle todos al almonedero, como que tenía constancia de habérselos yo vendido, quedando al casero su derecho a salvo para repetir contra mí en caso de hallarme. Todo esto lo supe por Roque, que no se descuidaba en saber el último fin de mis negocios. Pasada esta bulla, y considerándome yo seguro, pues a título de insolvente no me podía hacer ningún daño el casero, solo trataba de divertirme sin hacer caso de mi esposa, y sin saber las obligaciones que me imponía el matrimonio. Con semejante errado proceder me divertí alegremente mientras duraron los 80 pesos. Concluidos éstos, comenzó mi pobre mujer a experimentar los rigores de la indigencia, y a saber lo que era estar casada con un hombre que se había enlazado con ella como el caballo y el mulo, que no tienen entendimiento. Naturalmente comenzó a hostigarse de mí más y más, y a manifestarme su aborrecimiento. Yo, por consiguiente, la aborrecía más a cada instante, y como era pícaro no se me daba nada de tenerla en cueros y muerta de hambre.

En estas apuradas circunstancias, mi suegra, con los chismes de mi mujer, me mortificaba demasiado. Todos los días eran pleitos y reconvenciones infinitas sin faltar aquello de: ¡ojalá y yo hubiera sabido quién era usted! Seguro está que se hubiera casado con mi hija, pues a ella no le faltaban mejores novios.

Todo esto era echar leña al fuego, pues, lejos de amar a mi mujer, la aborrecía más con tan cáusticas reconvenciones.

Mi mal natural, más que el carácter y figura de mi mujer, me la hicieron aborrecible, junto con las imprudencias de la suegra; pero, la verdad, mi

100

esposa no estaba despreciable; prueba de ello fue que concebí unos celos endiablados de un vecino que vivía frente de nosotros.

Di en que pretendía a mi mujer y que ésta le correspondía, y sin tener más datos positivos le di una vida infernal, como muchos maridos que, teniendo mujeres buenas, las hacen malas con sus celos majaderos.

La infeliz muchacha que, aunque deseaba lujo y desahogo, era demasiado fiel, luego que se vio tratar tan mal por causa de aquel hombre de quien yo la celaba, propuso vengarse por los mismos filos por donde yo la hería; y así fingió corresponder a sus solicitudes por darme que sentir y que yo la creyera infiel. Fue una necedad, pero lo hizo provocada por mis imprudentes celos. ¡Oh, cómo aconsejara yo a todos los consortes que no se dejaran dominar de esta maldita pasión, pues muchas veces es causa de que se hagan cuerpos las sombras y realidades las sospechas!

Si cuando no había nada la celaba y la molía sin cesar, ¿qué no haría cuando ella misma estaba empeñada en darme que sentir? Fácil es concebirlo, aunque yo no sé cómo combinar el aborrecimiento que le tenía con los celos que me abrasaban; pues, si es cierto el común proloquio de que *donde no hay amor no hay celos*, seguramente yo no debería haber sido celoso; si no es que se discurra que, no siendo los celos otra cosa que una furiosa envidia agitada por la vanidad de nuestro amor propio, nos exalta la más rabiosa cólera cuando sabemos o presumimos que algún rival nuestro quiere posesionarse del objeto que nos pertenece por algún título, y en este caso claro es que no celamos porque amamos, sino porque concebimos que nos agravian, y aquí bien se puede verificar celo sin amor, y concluir que en lo general es falsísimo el refrán vulgar citado.

Lo primero que hice fue mudar a mi pobre esposa a una accesoria muy húmeda y despreciable por los arrabales del barrio de Santa Ana. A seguida de esto, no teniendo ya qué vender ni qué empeñar, le dije a Roque que buscara mejor abrigo, pues yo no estaba en estado de poder darle una tortilla; lo puso en práctica al momento, y le faltó desde entonces a mi esposa el trivial alivio que tenía con él, ya haciéndole sus mandados, y ya también consolándola, y aun algunas ocasiones socorriéndola con el medio o el real que él agenciaba. Esto me hace pensar que Roque era de los malos por necesidad más que por la malicia de su carácter, pues las malas acciones

101

a que se prostituía y los inicuos consejos que me daba se pueden atribuir al conato que tenía en lisonjearme, estrechado por su estado miserable; pero, por otra parte, él era muy comedido, atento, agradecido, y sobre todo poseía un corazón sensible y pronto para remitir una injuria y condolerse de una infelicidad. En la serie de mi vida he observado que hay muchos Roques en el mundo, esto es, muchos hombres naturalmente buenos a quienes la miseria empuja, digámoslo así, hasta los umbrales del delito. Cierto es que el hombre antes debería perecer que delinquir, pero yo siempre haría lugar a la disculpa en favor del que cometió un crimen estrechado por la suma indigencia, y agravaría la pena al que lo cometiese por la pravedad de su carácter.

Finalmente, Roque se despidió de mi casa, y mi pobre mujer comenzó a experimentar los malos tratamientos de un marido pícaro que la aborrecía, aunque ella, lejos de valerse de la prudencia para docilitarme, me irritaba más y más con su genio orgulloso e iracundo. Ya se ve, como que tampoco me amaba.

Todos los días había disputas, altercaciones y riñas, de las que siempre le tocaba la peor parte, pues remataba yo a puntapiés y bofetones los enojos, y de este modo desquitaba mi coraje; ella se quedaba llorando y maltratada, y yo me salía a la calle a divertir el mal rato.

A veces no parecía yo en casa hasta pasados los ocho o diez días del pleito, y entonces iba a reñir de nuevo por cualquiera friolera y a requerir a mi mujer sobre celos, siendo lo más vil de estas reconvenciones que eran sin haberle yo dejado un real para comer, pareciéndome en esto a muchos maridos sinvergüenzas que se acuerdan que tienen mujeres para celarlas y servirse de ellas como de criadas, pero no para cuidar de su subsistencia, sin advertir que el honor de la mujer está anexo a la cocina, y que cuando el brasero o chimenea no humea en la casa, el hombre no debe gritar en ella;[21] porque las miserables mujeres, aunque sean más honradas que las Lucrecias, no tienen vientres de camaleones para mantenerse con el aire.

---

21 Esto se entiende cuando no humea por holgazanería, inutilidad o mala versación del marido, como en el caso de Perico; pero cuando no humea por su pobreza, entonces la mujer siempre debe ser fiel, y aun ayudarle a su marido; porque Dios, cuando crió la mujer al primer hombre, no dijo: hagámosle una ama a quien sirva, ni una ociosa a quien mantenga, sino una mujer que le ayude como a su semejante. Faciamus ei adjutorium simile sibi.

Mi desgraciada esposa sufría, en medio del odio con que me veía, sus desnudeces y trabajos sin atreverse a vivir con su madre, que era la única que la visitaba, consolaba y socorría (al fin madre); porque las dos me temían mucho, y yo había amenazado a mi mujer de muerte siempre que desamparara la casa. Ni aun el religioso su tío quería mezclarse en nuestras cosas.

He dicho que entre mis malas cualidades tenía la buena de poseer un corazón sensible, y creo que si mi esposa, en vez de irritarme desde el principio con su orgullo, y de haberme persuadido a que me era infiel, me hubiera sobrellevado con cariño y prudencia, yo no hubiera sido tan cruel con ella; pero hay mujeres que tienen gracia para echar a perder a los mejores hombres.

Las enfermedades y la mala vida cada día ponían a mi mujer en peor estado. A esto se agregaba su preñez, con lo que se puso no solo flaca, descolorida y pecosa, sino molesta, iracunda e insufrible.

Más la aborrecía yo en este estado y menos asistía en la casa. Una noche que por accidente estaba en ella, comenzó a quejarse de fuertes dolores y a rogarme que por Dios fuera a llamar a su madre, porque se sentía muy mala. Este lenguaje sumiso, poco acostumbrado en ella, junto con sus dolorosos ayes hicieron una nueva impresión en mi corazón y, mirándola con lástima desde aquel punto, sin acordarme de su genio iracundo y poco amante, corrí a traer a su madre, quien luego que vino advirtió que aquellos conatos y dolores indicaban un mal parto, y que era indispensable una partera.

Luego que me impuse de la enfermedad y de la necesidad de la facultativa, rogué a una vecina fuera a buscarla mientras iba yo a solicitar dinero.

Ella fue corriendo, la halló y la llevó a casa, y yo empeñé mi capote, que era la mejor alhaja que me había quedado y no estaba de lo peor, sobre el que me prestaron 4 pesos a volver 5. ¡Gracias comunes de los usureros que tienen hecho el firme propósito de que se los lleve el diablo!

Muy contento llegué a casa con mis 4 pesos a hora en que la ignorantísima partera le había arrancado el feto con las uñas y con otro instrumento

---

Otra: La moral del lugar anotado y de la nota anterior no es pura. Por más pícaro y abandonado que sea uno de los consortes en el cumplimiento de sus obligaciones, no por esto se exime el otro del deber de cumplir con las suyas; y así es que en ningún caso la mujer debe ser infiel a su marido, ni éste tampoco a su mujer. (N. del E.)

103

infernal,[22] rasgándole de camino las entrañas y causándole un flujo de sangre tan copioso que, no bastando a contenerlo la pericia de un buen cirujano, le quitó la vida al segundo día del sacrificio, habiéndosele ministrado los espirituales.

¡Oh, muerte, y qué misterios nos revela tu fatal advenimiento! Luego que yo vi a la infeliz Mariana tendida exánime en su cama atormentadora, pues se reducía a unos pocos trapos y un petate, y escuché las tiernas lágrimas de su madre, despertó mi sensibilidad, pues a cada instante le decía: ¡ay, hija desdichada! ¡Ay, dulce trozo de mi corazón! ¿Quién te había de decir que habías de morir en tal miseria por haberte casado con un hombre que no te merecía, y que te trató no como un esposo, sino como un verdugo y un tirano? A éstas añadía otras expresiones duras y sensibles que despedazaban mi corazón, de modo que no pude contener mis sentimientos. En aquel momento advertí que me había casado no con los fines santos a que se debe contraer el matrimonio, sino como el caballo y el mulo que carecen de entendimiento; conocí que mi mujer era naturalmente fiel y buena, y yo la hice enfadosa en fuerza de hostigarla con mis inicuos tratamientos; vi que era hermosa, pues, aunque exangüe y sin vital aliento, manifestaba su rostro difunto las gracias de una desventurada juventud, y conocí que yo había sido el autor de tan fatal tragedia.

Entonces... (¡qué tarde!) me arrepentí de mis villanos procederes, reflexioné que mi esposa ni era fea ni del natural que yo la juzgaba; pues si no me amaba, tenía mil justísimas razones, porque yo mismo labré un diablo de la materia de que podía haber formado un ángel,[23] y, atumultadas en mi espíritu las pasiones del dolor y el arrepentimiento, desahogué todo su ímpetu abalanzándome al frío cadáver de mi difunta esposa.

¡Oh, instante fúnebre y terrible a mi cansada imaginación! ¡Qué de abrazos le di! ¡Qué de besos imprimí en sus labios amoratados! ¡Qué de expresiones dulcísimas la dije! ¡Qué de perdones no pedí a un cuerpo que ni podía

---

22 Hay parteras tan ignorantes que creen facilitar los partos con las uñas, y hay otras que sustituyen a las naturales unas uñas de plata u otro metal para el mismo efecto. ¡Cuidado con las parteras!

23 No hay que hacer: los hombres mil veces tienen la culpa de que sus mujeres sean malas. Las mujeres, y más las mujeres que se casan muy niñas, regularmente están en disposición de ser lo que los maridos quieren que sean.

104

agradecer mis lisonjas ni remitir mis agravios...! Espíritu de mi infeliz consorte, no me demandes ante Dios los injustos disgustos que te causé; recibe, sí, en recompensa de ellos, los votos que tengo ofrecidos por ti al dueño de las misericordias ante sus inmaculados altares.

Por último, después de una escena que no soy capaz de pintar con sus mismos colores, me quitaron de allí por fuerza, y al cuerpo de mi esposa se le dio sepultura no sé cómo, aunque supongo que tuvo en ello mucha parte el empeño y diligencia del tío fraile.

Mi suegra, luego que se acabó el funeral (sepultándose con el cadáver el desgraciado fruto de su vientre), se despidió de mí para siempre, dándome las gracias por las buenas cuentas que le había dado de su hija; y yo aquella noche, no pudiendo resistir a los sentimientos de la naturaleza, me encerré en el cuartito a llorar mi viudez y soledad.

Entregado a las más tristes imaginaciones, no pude dormir ni un corto rato en toda la noche, pues apenas cerraba los ojos cuando despertaba estremeciéndome, agitado por el pavor de mi conciencia, que me representaba con la mayor viveza a mi esposa, a la que creía ver junto a mí, y que lanzándome unas miradas terribles me decía: ¡Cruel! ¿Para qué me sedujiste y apartaste del amable lado de mi madre? ¿Para qué juraste que me amabas y te enlazaste conmigo con el vínculo más tierno y más estrecho, y para qué te llamaste padre de ese infante abortado por tu causa, si al fin no habías de ser sino un verdugo de tu esposa y de tu hijo?

Semejantes cargos me parecía escuchar de la fría boca de mi infeliz esposa, y lleno de susto y de congoja esperaba que el Sol disipara las negras sombras de la noche para salir de aquella habitación funesta que tanto me acordaba mis indignos procederes.

Amaneció por fin, y, como en todo el cuarto no había cosa que valiera un real, me salí de él, y di la llave a una vecina con ánimo de apartarme de una vez de aquellos lúgubres recintos.

Capítulo VII. En el que Periquillo cuenta la suerte de Luisa, y una sangrienta aventura que tuvo, con otras cosas deleitables y pasaderas

105

Lo hice como lo propuse, y me fui a andar las calles sin destino, lleno de confusión, sin medio real ni arbitrio de tenerlo, y con bastante hambre, pues ni había cenado la noche anterior ni me había desayunado aquel día.

En este fatal estado me dirigí a mi antigua guarida, al truco de la Alcaicería, a ver si hallaba en él a alguno de mis primeros conocidos que se doliera de mis penas, y tal vez me las socorriera de algún modo, a lo menos la ejecutiva de mi estómago.

No me equivoqué en la primera parte, porque hallé en el truco a casi todos los antiguos concurrentes, los que, luego que me vieron, conocieron y se impusieron de mi deplorable estado, en vez de compadecerse de mi suerte trataron de burlarse alegremente de mi desgracia, diciéndome: ¡Oh, señor don Pedro! ¡Cómo se conoce que los pobres hedemos a muertos! Cuando usted tuvo su bonanza no se volvió a acordar para nada de nosotros ni de los favores que nos debió. Si nos encontraba en alguna calle, se hacía de la vista gorda y pasaba sin saludarnos; si alguno de nosotros le hablaba, hacía que no nos conocía; si lo ocupábamos alguna vez, nos mandaba desairar con Roque, aquel su barbero que también anda ya hecho un andrajo; y finalmente manifestó en su bonanza todo el desprecio que le fue posible hacia nosotros.

Señor don Pedro, el dinero tiene la gracia, para algunos, de hacerlos olvidadizos con sus mejores amigos si son pobres. Usted cuando tuvo dinero procuró no rozarse con nosotros por pobres; y así, ahora que está pelado, váyase allá con sus amigos los señores de capas y casacas, y no vuelva a poner aquí los pies, mientras que no traiga un peso que jugar, porque nosotros no queremos juntarnos con su merced.

De este modo me insultó cada uno lo mejor que pudo, y yo no tuve más oportuna respuesta que marcharme, como suelen decir, con la cola entre las piernas, reflexionando que cuanto me habían dicho era cierto, y era fuerza que yo recogiera el fruto de mi vanidad y mis locuras.

Como el hambre me apuraba, traté de ir a pedir algún socorro a los amigos que me habían comido medio lado y se habían divertido a mi costa.

No me fue difícil hallarlos; pero ¡cuál fue mi cólera y mi congoja cuando, después de avergonzarme con todos presentándome a su vista en un estado tan indecente, después de referirles mis miserias y provocar su piedad con aquella energía que sabe usar la indigencia en tales ocasiones, solo escuché desprecios, sátiras y burletas!

Unos me decían: usted tiene la culpa de verse en ese estado, si no hubiera sido calavera, hoy tendría qué comer. Otros: amigo, yo apenas alcanzo para mantener a mi familia; todavía está usted mozo y robusto, siente plaza en un regimiento, que el rey es padre de pobres. Otros fingiendo una grande admiración me decían: ¡válgame Dios! ¿Y cómo se le arrancó a usted tan pronto? Yo lo decía, y ellos replicaban: aquellos gastos y vanidades de usted no podían tener otro fin. Otros: vaya usted con esas quejas a los ricos, que a ellos se les debe pedir limosna y no a los pobres como yo.

Así me iban todos despidiendo, y los más piadosos me hacían creer que se compadecían de mi desgracia, pero que no la podían remediar.

De esta suerte, triste, despechado y hambriento, salí de todas partes sin que hubiera habido uno, de tantos que se lisonjeaban de llamarse mis amigos, que me hubiera dado siquiera un pocillo de chocolate.

A mí ya no me cogían muy de nuevo estas ingratitudes, pero no me había aprovechado de sus lecciones. Pensaba que todos los que se dicen amigos en el mundo lo eran de las personas y no de sus intereses; mas entonces y después he visto que hay muchos amigos pero muy pocas amistades.

La falsedad de los amigos es muy antigua en el mundo. En el libro más santo y verdadero[24] se leen todas estas sentencias: *Hay amigos de tiempos, que no permanecen en el día de la tribulación. Hay amigos muy puntuales a la mesa, que no serán así en el día de la necesidad. En el mismo lugar se dice: dichoso el que ha hallado un amigo verdadero. En el tiempo de su tribulación permanécele fiel. Sé fiel con el amigo en su pobreza. Yo no me confundiré o avergonzaré de saludar a mi amigo; no me excusaré de él, y si me viniere algún mal por su causa, lo sufriré. Alabando al buen amigo dice: que el amigo fiel es una robusta protección, que el que lo halló, encontró un tesoro; y por último dice: que ninguna comparación es propia para ensalzar al fiel amigo, ni junto a su bondad es digna la ponderación del oro ni de la plata.*

¿Pero quién será este desinteresado, este prudente, este fiel y este amigo verdadero? *El que teme a Dios,* dice el mismo Eclesiástico, *ése sabrá tener una buena amistad.*

---

24   Eclesiást., cap. 6, vs. 8, 10, 14, 15 y 17; cap. 22, vs. 28 y 31; cap. 26, vs. 12 y 23.

Lejos estaba yo en esos tiempos de saber estas cosas, ni de valerme de los escarmientos que el mismo mundo me proporcionaba; y así es que, sin sentir más que las penas actuales que me afligían, viendo que la esperanza que yo tenía en mis falsos amigos se había acabado, que no hallaba abrigo ni consuelo en parte alguna, y que mi hambre crecía por momentos, eché mano de mi pobre chupa para venderla, como lo hice, y me fui a almorzar, sobrándome creo que ocho o diez reales.

El día lo pasé adivinando en dónde me quedaría en la noche; pero, cuando ésta llegó, se me juntó el cielo con la tierra no teniendo un jacal en donde recogerme.

En este estado determiné arrojarme a la casa del sastre que me hizo la ropa, y pedirle que por Dios me hospedara en esa noche.

Con esta determinación iba yo por la calle de los Mesones, cuando vi en una accesoria a Luisa, nada indecente. Pareciome más bonita que nunca y, creyendo volver a lazar su amistad y valerme de ella para aliviar mis males, me acerqué a su puerta, y con una voz muy expresiva le dije: Luisa, querida Luisa, ¿me conoces? Ella se acordó sin duda de mi voz, pero para certificarse me dijo: no, señor, ¿quién es usted? A lo que contesté: yo soy Pedro Sarmiento, aquel Pedro que te ha querido tanto, y que cuando tuvo proporciones te sostuvo en un grado de decencia y señoría al que tú jamás hubieras llegado por tu propia virtud.

¡Ah!, sí, decía la socarrona Luisa, usted es señor Periquillo Sarniento, el que fue mozo del difunto Chanfaina, y el que me echó a bofetadas de su casa. Ya me acuerdo, y cierto que tengo harto que agradecerle. Bien está, Luisa, le respondí, pero tu infidelidad con Roque dio margen a aquel atropellamiento.

Ya eso pasó, decía Luisa, y ahora ¿qué quiere usted? ¿Qué he de querer? Volver a disfrutar tus caricias. ¿Pues no ve usted, contestó, que eso es tontera? Vaya, no me haga burla, ni se meta con las infieles. Váyase con Dios, no venga mi marido y lo halle platicando conmigo.

Pues hija, ¿que te has casado? Sí señor, me he casado y con un muchacho muy hombre de bien, que me quiere mucho y yo a él. ¿Pues que pensaba usted que me había de faltar? No señor; si usted me escupió, otro me recogió. En fin, yo no quiero pláticas con usted.

108

Diciendo esto se entró, y me hubiera dado con la puerta en la cara si yo, tan atrevido como incrédulo de su nuevo estado, no me hubiera metido detrás de ella.

Así lo hice, y la pobre Luisa toda asustada quiso salirse a la calle; pero no pudo, porque yo la afiancé de los brazos y, forcejeando los dos, ella por salirse y yo por detenerla, fue a dar sobre la cama.

Comenzó a alzar la voz para defenderse, y casi a gritos me decía: Váyase usted, señor Perico, o señor diablo, que soy casada y no trato de ofender a mi marido.

La puerta de la accesoria se quedó entreabierta; yo estaba ciego, y ni atendí a esto ni previne que sus gritos, que esforzaba a cada instante, podían alborotar a los que pasaban por la calle y exponerme cuando menos a un bochorno.

¡Ojalá no más hubiera parado en esto!, pero el cielo me preparaba castigo más condigno a mi crimen. Como había de entrar Sancho o Martín, entró el marido de Luisa, y tan perturbada estaba ésta tratando de desasirse de mí, como enajenado yo por hacerla que de nuevo se rindiera a mis atrevidas seducciones, de suerte que ninguno de los dos advertimos que su marido, entrecerrando mejor la puerta, había estado mirando la escena el tiempo que le bastó para certificarse de la inocencia de su mujer y de mis execrables intentos.

Cuando se satisfizo de ambas cosas, partió sobre mí como un rayo desprendido de la nube, y sin decir más palabras que éstas: pícaro, así se fuerza a una mujer honrada, me clavó un puñal por entre las costillas con tal furia que la cacha no entró porque no cupo.

¡Jesús me valga!, dije yo al tiempo de caer al suelo revolcándome en mi sangre. Mi caída fue de espaldas, y el irritado marido, queriendo concluir la obra comenzada, alzó el brazo armado apuntándome la segunda puñalada al corazón. Entonces yo lleno de miedo le dije: por María Santísima que me deje usted confesar, y aunque me mate después.

Esta voz, o el patrocinio de esta Señora mediante la invocación de su dulce nombre, contuvo a aquel hombre enojado, y tirando el puñal me dijo: válgate ese divino nombre que siempre he respetado.

109

A este tiempo ya estaba el aposento lleno de gente; los serenos aseguraron al heridor; la pobre Luisa estaba desmayada del susto, y el confesor a mi lado.

Me medio confesé, no sé cómo, porque quién sabe como se hacen las confesiones, los arrepentimientos y propósitos en unos lances tan apurados en que el hombre apenas basta para luchar con los dolores de las heridas y el temor de la muerte.

Pasada esta ceremonia, que en mi conciencia no fue otra cosa, atendida mi ninguna disposición, perdonado mi enemigo con la boca, y trasladado éste a la cárcel con su esposa injustamente, solo se decía de mí que moría sin remedio; porque me desangraba demasiado, sin haber quien me restañara la sangre, o que siquiera me tapara la herida, ni aun cierto cirujano que por casualidad entró allí, pues todos decían que era preciso que interviniera orden de la justicia para estas urgentísimas diligencias.

La efusión de sangre que padecía era copiosa, y me debilitaba por momentos; la basca anunciaba mi próxima muerte; toda la naturaleza humana se conmovía al dolor y al deseo de socorrerme a la presencia de mi cadavérico semblante; pero nadie se determinaba a impartirme los auxilios que le dictaba su caridad, ni aun a moverme de aquel sitio, hasta que quiso Dios que con la orden del juez llegó la camilla, y me condujeron a la cárcel.

Pusiéronme en la enfermería y, como era de noche, tardó en llegar el cirujano; y cuando vino, haciendo ponerme boca abajo, me introdujo la tienta, que me dolió más que el puñal; me puso una vela en la herida para saber si el pulmón estaba roto e hizo no sé cuántas más maniobras, y concluidas ocurrió a restañarme la sangre, que le costó poco trabajo en virtud de la mucha que yo había echado.

Después me dieron atole o no sé qué otro confortativo semejante, declarando que la herida no era mortal.

Aquella noche la pasé como Dios quiso, y al día siguiente me llevaron al hospital, donde no extrañé ni la prolijidad del médico, ni la asistencia de la enfermería de la cárcel.

Allí en la cama di mis declaraciones y disculpas, que, acordes con las de Luisa, bastaron para ponerla en libertad con su marido.

110

A los veinte días me dio por bueno el cirujano y, atendiendo los jueces a mis descargos, y al tiempo y dolencias que había padecido, me pusieron en libertad, notificándome que jamás volviese a pasar por los umbrales de Luisa, lo que yo prometí cumplir de todo corazón, como que no era para menos el susto que había llevado.

Cátenme ustedes fuera del hospital, en la calle como siempre y sin medio en la bolsa; porque no sé si los serenos, los enfermeros de la cárcel o los del hospital, me hicieron el favor de robarme los pocos que me sobraron de la venta de mi chupa, aunque algunos de ellos fueron sin duda.

Fuera del hospital traté siempre de buscar destino que siquiera me diera que comer. Por accidente se me puso en la cabeza entrar a misa en la parroquia de San Miguel.

La oí con mucha devoción, y al salir de ella encontré en la puerta de la iglesia a un antiguo conocido, con quien comuniqué mis trabajos. Éste me dijo que era el sacristán de allí y necesitaba un ayudante, que si yo quería me acomodaría en su servicio. En la hora, le dije, pero me has de dar de almorzar, que tengo mucha hambre.

El pobre lo hizo así; me quedé con él, y cátenme aquí ya de aprendiz de sacristán.

Capítulo VIII. En el que se refiere cómo Periquillo se metió a sacristán, la aventura que le pasó con un cadáver, su ingreso en la cofradía de los mendigos y otras cosillas tan ciertas como curiosas

Si todos los hombres dieran al público sus vidas escritas con la sencillez y exactitud que yo, aparecerían una multitud de Periquillos en el mundo, cuyos altos y bajos, favorables y adversas aventuras se nos esconden porque cada uno procura ocultarnos sus deslices.

Los pasajes de mi vida que os he referido, y los que me faltan que escribir, nada tienen, hijos míos, de violentos, raros ni fabulosos; son bastante naturales, comunes y ciertos. No solo por mí han pasado, sino que los más de ellos acaso acontecen diariamente a los Pericos encubiertos y vergonzantes. Yo solo os ruego lo que otras veces, esto es, que no leáis mi vida por un mero pasatiempo; sino que de entre mis extravíos, acaecimientos ridículos, largas

111

digresiones y lances burlescos procuréis aprovechar las máximas de la sólida moral que van sembradas: imitando la virtud donde la conociereis, huyendo el vicio y escarmentando siempre en las cabezas de los malos castigados. Esto será saber entresacar el grano de la paja, y de este modo leeréis no solo con gusto sino con fruto el presente capítulo y los que siguen.

Acomodado de sota-sacristán con un corto salario y un escaso plato que me proporcionó mi patrón, comencé a servirle en cuanto me mandaba.

No me fue difícil agradarle, porque un muchacho de doce años, hijo de él, me aleccionó no solo en mis obligaciones, sino en el modo de tener mis percances; y así pronto aprendí a esconder las chorreaduras de las velas y aun cabos enteros para venderlos, a sisar el vino a los padres, a importunar a los novios y a los padrinos de bautismos para que me diesen las propinas, y a hacer mayores estafas y robillos de los que no formaba el menor escrúpulo.

En poco tiempo fui maestro, y ya mi jefe se descuidaba conmigo enteramente. Una virtud y un defecto más que llevé al oficio se me olvidaron a poco tiempo de aprendiz.

La virtud era un aparente respeto que conservaba a las imágenes y cosas sagradas, y el defecto era el mucho miedo que tenía a los muertos; pero todo se acabó. Al principio, cuando pasaba por delante del sagrario hincaba ambas rodillas, y cuando me levantaba de noche a atizar la lámpara temblaba de miedo, y hasta mi sombra y el ruido de los gatos se me figuraban difuntos que se levantaban de sus sepulcros. Pero después me hice tan irreverente que cuando pasaba por frente del tabernáculo me contentaba, cuando más, con dar un brinquillo a modo de indio danzante, y llegaba con mi sacrílega osadía hasta pararme sobre el Ara.

Así como al augusto Sacramento, a las imágenes, vasos y paramentos sagrados les perdí el respeto con el trato, así les perdí el miedo a los muertos después que los empecé a manejar con confianza para echarlos a la sepultura.

Mi compañero el aprendiz me sirvió de mucho, porque cuando yo entré al oficio ya él tenía adelantado bastante, y así me hizo atrevido e irreverente; bien que yo en recompensa lo enseñé a robar de un modo o dos que no habían llegado a su noticia.

112

El primero fue el de quedarse con un tanto a proporción de lo que colectaba para misas, y el segundo a despojar a los muertos y muertas que no iban de mal pelaje a la hoya.

Una noche por estas gracias me sucedió una aventura que, si no me costó la vida, por lo menos me costó el empleo.

Fue el caso que, sepultando una tarde yo y mi compañero el muchacho a una señora rica que había muerto de repente, al meterla en el cajón advertí que le relumbraba una mano que se le medio salió de la manga de la mortaja. Al instante y con todo disimulo se la metí, echándole encima un tompiate de cal según es costumbre. Mientras que los acompañados gorgoriteaban y el coro les ayudaba con la música, tuve lugar de decirle al compañero: camarada, no aprietes mucho que tenemos despojos y buenos. Con esto, dando propiamente un martillazo en el clavo y ciento en el cajón, encerramos a la difunta en el sepulcro, cuidando también de no amontonar mucha tierra encima para que nos fuera más fácil la exhumación. El entierro se concluyó, y los dolientes y mirones se fueron a sus casas creyendo que quedaba tan enterrado el cadáver como el que más.

Luego que me quedé solo con el sacristancillo, le dije lo que había observado en la mano de la muerta, y que no podía menos sino ser un buen cintillo que por un grosero descuido u otra casualidad imprevista se le hubiese quedado.

El muchacho parece que lo dudaba, pues me decía: cuando no sea cintillo, ella es muerta rica, y a lo menos ha de tener rosario y buena ropa; y así no debemos perder esta fortuna que se nos ha metido por las puertas, y más teniendo ahorrado el trabajo de desclavar el cajón, pues los clavos apenas agujerearían la tapa. Ello es que no es de perderse esta ocasión.

Resueltos de esta manera, esperamos que diesen las doce de la noche, hora en que el sacristán mayor dormía en lo más profundo de su sueño, y prevenidos de una vela encendida bajamos a la iglesia.

Comenzamos a trabajar en la maniobra de sacar tierra hasta que descubrimos el cajón, el que sacamos y desclavamos con gran tiento.

Levantada la tapa, sacamos fuera el cadáver y lo paramos, arrimándose mi compañero con él al altar inmediato, teniéndolo de las espaldas sobre su pecho con mil trabajos, porque no podía ser de otro modo el despojo, en virtud de que el cuerpo había adquirido una rigidez o tiesura extraordinaria.

En esta disposición acudí yo a las manos, que para mí era lo más interesante. Saqué la derecha y vi que tenía en efecto un muy regular cintillo, el que me costó muchas gotas de sudor para sacarlo, ya por no sé qué temor que jamás me faltaba en estas ocasiones, y ya por las fuerzas que hacía, tanto para ayudársela a tener al compañero, como para sacarle el cintillo, porque tenía la mano casi cerrada y los dedos medio hinchados y muy encogidos; pero ello es que al fin me vi con él en mi mano.

Pasamos a registrar y ver el estado de la demás ropa, y observé que el compañero no se equivocó en haberla creído buena, porque la camisa era muy fina, las enaguas blancas lo mismo; tenía las de encima casi nuevas de fino cabo de China, un ceñidor de seda, un pañuelo de cambray, un rosario con su medalla que me quedé sin saber de qué era y sus buenas medias de seda.

Todo eso es plata, me decía mi camarada, pero ¿cómo haremos para desnudarla?, porque este diablo de muerta está más tiesa que un palo.

No te apures, le dije, cógele los brazos y ábreselos, teniéndola en cruz, mientras que yo le desato el ceñidor, que debe ser la primera diligencia.

Así lo hizo el compañero con harto trabajo, porque los nervios de los brazos apetecían recobrar el primer estado en que los dejó la muerte.

La difunta era medio vieja y tenía una cara respetable; nuestro atrevimiento era punible; la soledad y oscuridad del templo nos llenaba de pavor, y así procurábamos apresurar el mal paso cuanto nos era dable.

Para esto me afanaba en desatar el ceñidor, que estaba anudado por detrás, pero tan ciegamente que por más que hacía no podía desatarlo. Entonces le dije al compañero que yo le sujetaría los brazos, mientras que él lo desataba como que estaba más cómodo.

Así se determinó hacer de común acuerdo. Le afiancé los brazos, levantó mi compañero la mortaja y comenzó a procurar desatarla; pero no conseguía nada por la misma razón que yo.

En prosecución de su diligencia se cargaba sobre el cadáver, y yo lo apretaba contra él porque ya me lo echaba encima, y como yo estaba abajo de la tarima me vencía la superioridad del peso, que es decir que teníamos al cadáver en prensa.

Tanto hizo mi compañero, y tanto apretamos a la pobre muerta, que le echamos fuera un poco de aire que se le habría quedado en el estómago; esto conjeturo ahora que sería, pero en aquel instante y en lo más rigoroso de los apretones solo atendimos a que la muerta se quejó y me echó un tufo tan asqueroso en las narices que, aturdido con él y con el susto del quejido, me descoyunté todo y le solté los brazos que, recobrando el estado que tenían, se cruzaron sobre mi pescuezo a tiempo que un maldito gato saltó sobre el altar y tiró la vela, dejándonos atenidos a la triste y opaca luz de la lámpara.

Excusado parece decir que con tantas casualidades, viniéndose el cuerpo sobre mí y acobardándome imponderablemente, caí privado bajo del amortajado peso a las orillas de su misma sepultura.

El cuitado ayudante, cuando oyó quejar a la señora muerta, vio que me abrazaba y caía sobre mí y al feroz gato saltando junto de él, creyó que nos llevaban los diablos en castigo de nuestro atrevimiento y, sin tener aliento para ver el fin de la escena, cayó también sin habla por su lado.

El susto no fue tan trivial que nos diera lugar a recobrarnos prontamente. Permanecimos sin sentido tirados junto a la muerta hasta las cuatro de la mañana, hora en que, levantándose el sacristán y no encontrándonos en su cuarto, creyó que estaríamos en la sacristía previniendo los ornamentos para que dijera misa el señor cura, que era madrugador.

Con este pensamiento se dirigió a la sacristía y, no hallándonos en ella, fue a buscarnos a la iglesia. ¡Pero cuál fue su sorpresa cuando vio el sepulcro abierto, la difunta exhumada y tirada en el suelo acompañada de nosotros, que no dábamos señales de estar vivos! No pudo menos sino dar parte del suceso al señor cura, quien, luego que nos vio en la referida situación, hizo que bajaran sus mozos y nos llevaran adentro procediendo en el momento a sepultar el cadáver otra vez.

Hecha esta diligencia, trató de que nos curaran y reanimaran con álcalis, ventosas, ligaduras, lana quemada y cuanto conjeturó sería útil en semejante lance.

Con tantos auxilios nos recobramos del desmayo y tomamos cada uno un pocillo de chocolate del mismo cura, el que luego que nos vio fuera de riesgo nos preguntó la causa de lo que habíamos padecido y de lo que había visto.

Yo, advirtiendo que el hecho era innegable, confesé ingenuamente todo lo ocurrido, presentándole al cura el cintillo, quien, luego que oyó nuestra relación, tuvo que hacer bastante para contener la risa; pero acordándose que era él responsable de estos desaciertos, encargó el castigo de mi compañero a su padre, y a mí me dijo que me mudara en el día, agradeciéndole mucho que no nos enviara a la cárcel, donde me aplicarían la pena que señalan las leyes contra los que quebrantan los sepulcros, desentierran los cadáveres, y les roban hábitos, alhajas u otra cosa.

Esta pena, decía el cura, sepa usted para que otra vez no incurra en igual delito, es que si las sepulturas se quebrantan con fuerza de armas, tienen los infractores pena de muerte; y si es sin ellas clandestinamente, como ahora, deben ser condenados a las labores del rey.

Pero yo, que caritativamente quiero excusarlo de esta pena, no puedo mantenerlo en mi curato, porque quien se atreve a un cadáver por robarle un cintillo, con más facilidad se atreverá a despojar una imagen o un altar mañana que otro día. Conque váyase usted y no lo vuelva a ver en mi parroquia. Diciendo esto se retiró el cura; a mi compañero le dio su padre una buena zurra de latigazos, y yo me marché para la calle antes que otra cosa sucediera.

Volví a tomar mi acostumbrado trote en estas aventuras desventuradas. Los truquitos, las calles, las pulquerías y los mesones eran mis asilos ordinarios, y no tenía mejores amigos ni camaradas que tahúres, borrachos, ociosos, ladroncillos y todo género de *léperos*, pues ellos me solían proporcionar algún bocado frío, harta bebida y ruines posadas.

Cuatro meses permanecí de sacristán haciendo mis estafillas, con las cuales, más que con mi ratero salario, compré tal cual miserable trapillo que di al traste a los quince días de mi expulsión.

Me acuerdo que un día, no teniendo qué comer, encontré a un amigo frente de la Catedral por el portal de las Flores, y pidiéndole medio real para el efecto me dijo: no tengo blanca, estoy en la misma que tú, y quería que me llevaras a almorzar a la Alcaicería, que según he oído a la vieja bodegonera allá te tiene cuanto ha guardados dos o tres reales. En verdad que así es, le dije, pero con el gusto de mis bonanzas se me habían olvidado. Me admiro mucho de la buena conciencia de la bodegonera, si otra fuera, ya eso estaba perdido.

En esto nos fuimos a comer como pudimos, y concluida la comida se fue mi amigo por su lado y yo por el mío a seguir experimentando mis trabajos como antes.

Ya hecho un piltro, sucio, flaco, descolorido y enfermo en fuerza de la mala vida que pasaba, me hice amigo de un andrajoso como yo, quien, contándole mis desgracias y que no me había valido ni acogerme a la iglesia, como si hubiera sido el delincuente más alevoso del mundo, me dijo que él tenía un arbitrio que darme, que cuando no me proporcionara riquezas a lo menos me daría de comer sin trabajar; que era fácil y no costaba nada emprenderlo; que algunos amigos suyos vivían de él; que yo estaba en el estado de abra- zarlo, y que si quería no me arrepentiría en ningún tiempo.

Pues, ¿no he de querer, le respondí, si ya estoy que ladro de hambre y los piojos me comen vivo? Pues bien, dijo el deshilachado, vamos a casa, que a las nueve van llegando mis discípulos, y después que cene usted oirá las lecciones que les doy, y los adelantamientos de mis alumnos.

Así lo hice. Llegamos a las ocho de la noche a la casita, que era un cuarto de casa de atoleras por allá por el barrio de Necatitlán, muy indecente, sucio y hediondo. Allí no había sino un braserito de barro que llaman anafe, cuatro o seis petates enrollados y arrimados a la pared, un escaño o banco de palo, una estampa de no sé qué santo en una de las paredes con una repisa de tejamanil, dos o tres cajetes con orines, un banquito de zapatero, muchas muletas en un rincón, algunos tompiates y porción de ollitas por otro, una tabla con parches, aceites y ungüentos y otras iguales baratijas.

De que yo fui mirando la casa y el fatal ajuar de ella, comencé a desconfiar de la seguridad del proyecto que acababa de indicar el traposo, y él, conjetu- rando mi desconfianza por la mala cara que estaba poniendo, me dijo: señor Perico, yo sé lo que le vendo. Esta vivienda tan ruin, estos petates y muebles que ve, no son tan despreciables o inservibles como a usted le parecen. Todo

117

esto ayuda para el proyecto, porque... A este tiempo fueron llegando de uno en uno y de dos en dos hasta ocho o nueve vagabundos, todos rotos, sucios, emparchados y dados al diablo; pero lo que más me admiró fue ver que conforme iban entrando arrimaban unos sus muletas a un rincón y andaban muy bien con sus dos pies; otros se quitaban los parches que manifestaban y quedaban con su cutis limpio y sano; otros se quitaban unas grandes barbas y cabelleras canas con las que me habían parecido viejos, y quedaban de una celad regular; otros se enderezaban o descorvaban al entrar, y todos dejaban en la puerta del cuartito sus enfermedades y males, y aparecían los hombres, y aun una mujer que entró, muy útiles para tomar un fusil, y ella para moler un almud de maíz en un metate.

Entonces, lleno de la más justa admiración, le dije a mi desastrado amigo: ¿qué es esto? ¿Es usted algún santo cuya sola presencia obra los milagros que yo veo, pues aquí todos llegan cojos, ciegos, mancos, tullidos, leprosos, decrépitos y lisiados, y apenas pisan los umbrales de esta asquerosa habitación cuando se ven no solo restituidos a su antigua salud, sino hasta remozados, maravilla que no la he oído predicar de los santos más ponderados en milagros?

Riose el despilfarrado con tantas ganas que cada extremo de su abierta boca besaba la punta de sus orejas. Sus compañeros le hacían el bajo del mismo modo, y cuando descansaron un poco me dijo el susodicho: amigo, ni yo ni mis compañeros somos santos ni nos hemos juntado con quien lo sea, y esto créalo usted sin que lo juremos. Estos milagros que a usted pasman no los hacemos nosotros, sino los fieles cristianos, a cuya caridad nos atenemos para enfermar por las mañanas y sanar a la noche de todas nuestras dolencias. De manera que, si los fieles no fueran tan piadosos, nosotros ni nos enfermaríamos ni sanaríamos con tanta facilidad.

Pues ahora estoy más en ayunas que antes, y deseo con más ansias saber cómo se obran tantos prodigios, y cómo se pueden verificar en virtud de la piedad de los cristianos; y deseara, añadí, que usted me hiciera favor de no dejarme con la duda.

Pues amigo, me contestó el roto, a bien que es usted de confianza y le importa guardar el secreto. Nosotros ni somos ciegos, ni cojos, ni corcovados como parecemos en las calles. Somos unos pobres mendigos que

118

echando relaciones, multiplicando plegarias, llorando desdichas y porfiando y moliendo a todo el mundo, sacamos mendrugo al fin. Comemos, bebemos (y no agua), jugamos y algunos mantenemos nuestras *pichicuaracas*[25] como Anita (Esta Anita era la trapientona rolliza y no muy fea que acababa de entrar con un chiquillo en brazos, amasia[26] del patrón o del mendigo mayor, que era quien me hablaba). El modo es, proseguía el desastrado, fingirse ciegos, baldados, cojos, leprosos y desdichados de todos modos; llorar, pedir, rogar, echar relaciones, decir en las calles blasfemias y desatinos, e importunar al que se presente de cuantas maneras se pueda, a fin de sacar raja como lo hacemos.

Ya tiene usted aquí todo lo milagroso del oficio y el gran proyecto que le ofrecí para no morirse de hambre. Ello es menester no ser tontos, porque el tonto para nada es bueno, ni para bien ni para mal. Si usted sabe valerse de mis consejos, comerá, beberá y hará lo que quiera, según sea su habilidad, pues la paga será como su trabajo; pero si es tonto, vergonzoso o cobarde, no tendrá nada.

Éstos que usted ve, a mí me deben sus adelantos; pero saben hacer su diligencia. Ahora lo verá usted.

En esto fueron todos dando sus cuentas en clase de conversación de lo que habían buscado en el día, y cada uno enseñó sus ollitas y tompiates llenos de mendrugos y sobras de los platos ajenos, a más de algunos realillos que habían juntado.

Llegó a lo último la dicha Anita, y solo presentó cinco reales diciendo: como este diablo de muchacho está curtido, apenas he comido hoy y he juntado esto poco; pero mañana me la pagará.

Admirado yo con esta relación, traté de informarme de raíz cómo podía contribuir aquel tierno niño al oficio de los mendigos, y supe con el mayor dolor que aquella indigna madre y desapiadada mujer pellizcaba al pobre inocente cuando pedía limosna, a fin de conmover a los fieles y excitar su caridad con la vehemencia de sus gritos.

---

25 Con este nombre suele designarse la amiga o mujer con quien se vive en amistad ilícita. (N. del E.)

26 Lo mismo que manceba, amiga o barragana. (N. del E.)

No me escandalicé poco con semejante inhumanidad; pero, advirtiendo lo fácil y socorrido del oficio, disimulé cuanto pude y me decidí a entrar de aprendiz desde aquella hora.

Era cosa célebre oír contar a aquellos tunantes los arbitrios de que se valían para sacar los medios de las faltriqueras más estreñidas. Unos decían que se fingían ciegos, otros insultados, otros asimplados, otros leprosos y todos muertos de hambre.

Mi amigo el jefe o maestro de la cuadrilla me dijo: ¿pues ve usted? Yo soy quien les he dictado a cada uno de estos pobres el modo con que han de buscar la vida, y por cierto que ninguno está arrepentido de seguir mis consejos, contentándome yo con lo poco que ellos me quieren dar para pasar la mía, pues ya estoy jubilado y quiero descansar, porque he trabajado mucho en la carrera. Si usted quiere seguirla, dígame cuál es su vocación para habilitarlo de lo necesario. Si quiere ser cojo, le daremos muletas; si baldado o tullido, su arrastradera de cuero; si llagado, parches y trapos llenos de aceite; si anciano decrépito, sus barbas y cabellera; si asimplado, usted sabrá lo que ha menester; y, en fin, para todo tendrá los instrumentos precisos, entrando en esto los tompiates, ollas, trapos y bordones o báculos que necesite. En inteligencia que ha de vivir con nosotros, no ha de ser zonzo para pedir, ni corto para retirarse al primer desdén que le hagan; ha de tener entendido que no siempre dan limosnas los hombres por Dios, muchas veces las dan por ellos y algunas por el diablo. Por ellos, cuando la dan por quitarse de encima a un hombre que los persigue dos cuadras sin temer sus excusas ni sus baldones; y por el diablo cuando dan limosna por quedar bien y ser tenidos por liberales, especialmente delante de las mujeres. Yo me he envejecido en este honroso destino, y sé por experiencia que hay hombres que jamás dan medio a un pobre sino cuando están delante de las muchachas a quienes quieren agradar, ya sea porque los tengan por francos, o ya por quitarse de delante a aquellos testigos importunos, que acaso con su tenacidad les hacen mala obra en sus galanteos o les interrumpen sus conversaciones seductoras.

Esto digo a usted para que no se canse al primer *perdone por Dios* que le digan, sino que siga, prosiga y persiga al que conozca que tiene dinero, y no lo deje hasta que no le afloje su pitanza. Procure ser importuno que así

120

sacará mendrugo. Acometa a los que vayan con mujeres antes que a los que vayan solos. No pida a militares, frailes, colegiales ni trapientos, pues todos estos individuos profesan la santa pobreza, aunque no todos con voto; y, por último, no pierda de vista el ejemplo de sus compañeros, que él le enseñará lo que debe hacer y las fórmulas que ha de observar para pedir a cada uno según su clase.

Yo le di a mi nuevo maestro las gracias por sus lecciones, y le dije que mi vocación era de ciego, pues consideraba que me costaría poco trabajo fingir una gota serena y andar con un palo como a tientas, y tenía observado que ningún pobre suele conmover a lástima mejor que un ciego.

Está bien, me contestó mi desaliñado director, pero ¿sabe usted algunas relaciones? ¡Qué he de saber, le respondí, si nunca me he metido a este ejercicio! Pues amigo, continuó él, es fuerza que las sepa, porque ciego sin relaciones es título sin renta, pobre sin gracia y cuerpo sin alma; y así es menester que aprenda algunas, como la *oración del Justo Juez, el despedimento del cuerpo y del alma*, y algunos ejemplos e historias de que abundan los ciegos falsos y verdaderos, las mismas que oirá usted relatar a sus compañeros para que elija las que quiera que le enseñen.

También es necesario que sepa usted el orden de pedir según los tiempos del año y días de la semana; y así los lunes pedirá por la Divina Providencia, por San Cayetano y por las almas del purgatorio; los martes, por Señor San Antonio de Padua; los miércoles, por la Preciosa Sangre; los jueves, por el Santísimo Sacramento; los viernes, por los Dolores de María Santísima; los sábados, por la Pureza de la virgen; y los domingos, por toda la corte del cielo.

No hay que descuidarse en pedir por los santos que tienen más devotos, especialmente en sus días; y así ha de ver el almanaque para saber cuándo es San Juan Nepomuceno, Señor San José, San Luis Gonzaga, Santa Gertrudis, etc., como también debe usted tener presente el pedir según los tiempos. En semana santa pedirá por la Pasión del Señor, el día de Muertos por las benditas ánimas, el mes de diciembre por Nuestra Señora de Guadalupe, y así en todos tiempos irá pidiendo por los santos y festividades del día; y cuando no se acuerde, pedirá por el santo día que es hoy, como lo hacen los compañeros.

Éstas parecen frivolidades, pero no son sino astucias indispensables del oficio, porque con estas plegarias a tiempo se excita mejor la piedad y devoción, y aflojan el mediecillo los caritativos cristianos.

En esto se pusieron aquellos pillos a decir sesenta romances y referir doscientos ejemplos y milagros apócrifos, y cada uno de ellos preñado de doscientas mil tonterías y barbaridades, que algunas de ellas podían pasar por herejías o cuando menos por blasfemias.

Aturdido me quedé al escuchar tantos despropósitos juntos, y decía entre mí: ¿cómo es posible que no haya quien contenga estos abusos, y quien les ponga una mordaza a estos locos? ¿Cómo no se advierte que el auditorio que los rodea y atiende se compone de la gente más idiota y necia de la plebe, la que esta muy bien dispuesta para impregnarse de los desatinos que éstos desparraman en sus espíritus, y para abrazar cuantos errores les introducen por sus oídos? ¿Cómo no se reflexiona que estos espantos y milagros apócrifos que éstos predican unas veces inducen a los tontos a una ciega confianza en la misericordia de Dios con tal que den limosna, otras a creer tal el valimiento de sus santos que se lo representan más allá que el mismo Poder Divino,[27] y todas o las más llenando sus cabezas de mentiras, espantos, milagros y revelaciones? Sin duda todo esto merece atención y reforma, y sería muy útil que todos los ciegos que piden por medio de sus relaciones presentaran éstas en los pueblos a los curas, y en la capital y demás ciudades a algunos señores eclesiásticos destinados a examinarlas, los que jamás les permitieran predicar sino la explicación de la doctrina cristiana, trozos históricos eclesiásticos o profanos, descripciones geográficas de algunos reinos o ciudades y cosas semejantes; pero cualesquiera cosas de éstas, bien hechas, en buen verso y mejor ensayadas; y de ninguna manera se les dejara pregonar tanta fábula que nos venden con nombre de ejemplos.

Parece trivial mi reflexión, mas, si se observara, el tiempo diría el beneficio que de ella podría resultar al pueblo rudo, y los errores que impediría se propagasen.

En estas consideraciones me entretenía conmigo cuando me llamaron a cenar, de lo que no me pesó porque tenía hambre.

---

27 Los que hayan tenido la paciencia de atender a muchas relaciones de mendigos sabrán que no hay aquí nada de falso.

Sentámonos en rueda en un petate y sin otro mantel que el mismo tule de que estaba tejido; nos sirvió la Anita un buen cazuelón de chile con queso, huevos, chorizos y longaniza, pero todo tan bien frito y sazonado que solo su olor era capaz de provocar el apetito más esquivo.

Luego que dimos vuelta a la cazuela, nos trajo un calabazo o *guaje* grande lleno de aguardiente de caña, un vaso y otra cazuela de frijoles fritos con mucho aceite, cebolla, queso, chilitos y aceitunas, acompañado todo del pan necesario.

Cada uno de nosotros habilitó su plato, y comenzó el calabazo a andar la rueda, y cuando ya estábamos alegritos me dijo el capataz de los mendigos: ¿Qué le parece a usted, camarada, de esta vida? ¿Se la pasará mejor un conde? A fe que no, le contesté, y a mí me acomoda demasiado, y doy mil gracias a Dios de que ya encontré lo que he buscado con tanta ansia desde que tengo uso de razón, que era un oficio o modo de vivir sin trabajar; porque yo es verdad que siempre he comido, si no ya me hubiera muerto, pero siempre ¿qué trabajo no me ha costado? ¿Qué vergüenzas no he pasado? ¿Qué amos imprudentes no he tenido que sufrir? ¿A qué riesgos no me he expuesto? ¿Qué lisonjas no he tenido que distribuir, y qué sustos y aun garrotazos no he padecido? Mas ahora, señores, ¡cuánta no es mi dicha! ¿Y quién no envidiará mi fortuna al verme admitido en la honradísima clase de los señores mendigos, en cuya respetable corporación se come y se bebe tan bien sin trabajar? Se viste, se juega y se pasea sin riesgo; se disfrutan las comodidades posibles sin más costo que desprenderse de cierta vergüencilla que no puede menos que ocuparme los primeros días; pero vencida esta dificultad, que para mí no será cosa mayor, después diablo como todos, y aleluya.

Yo, señor capitán y señores, ilustres compañeros, les doy mil y diez mil agradecimientos, suplicándoles me reciban bajo su poderosa protección, ofreciéndoles en justa recompensa no separarme de su preclara compañía el tiempo que Dios me concediere de vida, y emplearla toda en servicio de vuestras liberales personas.

Toda la comparsa soltó la carcajada luego que concluí mi desatinada arenga, y me ofrecieron su amistad, consejos e instrucciones. Se le dio otra vuelta al calabazo, y no tardamos mucho en verle el fondo, así como se lo vimos a las cazuelas.

Nos fuimos a acostar en los petates, que cierto que son camas bien incómodas, y más juntas con el poco abrigo. Sin embargo, dormimos muy bien a merced del aguardiente que nos narcotizó o adormeció luego que nos tiramos a lo largo.

Al día siguiente se levantó Anita la primera, dejando dormida a su infeliz criatura; fue a traer atole y pambazos y nos desayunamos.

Luego que pasó el tosco desayuno, se fueron todos marchando para la calle con sus respectivas insignias. Yo me envolví la cabeza con trapos sucios, me colgué un tompiate con una olla al hombro, tomé mi palo, un perrito bien enseñado para que me guiase y salí por mi lado.

Al principio me costaba algún trabajillo pedir, pero poco a poco me fui haciendo a las armas, y salí tan buen oficial que a los quince días ya comía y bebía grandemente, y a la noche traía seis, siete reales, y a veces más a la posada.

Algún tiempo me mantuve a expensas de la piedad de los fieles mis amados hermanos y compañeros. De día hacía yo muy bien mi diligencia, pero mejor de noche, pues, como entonces no tenía gota de vergüenza, importunaba con mis ayes a todo el mundo con tan lastimosas plegarias que pocos se escapaban de tributarme sus mediecillos.

Una de estas noches, estando parado junto a la santa imagen del Refugio pidiendo con la mayor aflicción, ponderando mi necesidad y diciendo que no había comido en todo el día, aunque tenía en el estómago bastante alimento, y algunos tragos del de caña, pasó un hombre decente a quien le acometí con mis acostumbrados quejumbres, y él, deteniéndose a escucharme, me dijo: hermano, me siento inclinado a socorrerlo, pero no tengo dinero en la bolsa. Si usted quiere, venga conmigo, que no le pesará. Sea por amor de Dios, le dije, yo iré con su merced a recibir su bendita caridad; pero es menester que tenga tantita paciencia, porque yo no miro, y necesito de ir junto a su buena persona.

Esto es lo de menos, dijo el caballero, yo que deseo socorrerlo, hermano, nada perderé en servirle de lazarillo. Venga usted.

Tomome de una mano y me llevó a su casa. Luego que llegamos me metió a su gabinete y me sentó frente de él en la mesa donde había bastante luz.

124

¡Qué corrido no me quedé al advertir que el tal sujeto era puntualmente el mismo que me había dado tantos consejos en el mesón y me había guardado mi dinero! Pero, como era ciego por entonces, disimulé, y el sujeto dicho me habló de esta manera.

Amigo, yo me alegro de que usted no me conozca por la vista, aunque siento mucho su fatal ceguedad que lo ha conducido al estado infeliz de pedir limosna, pudiendo estar en la situación de darla. No crea que lo pretendo reprender. Voy a socorrerlo, pero también a aconsejarle. Si usted no está muy ciego, bien me conocerá como yo lo conozco, y se acordará que soy el mismo que fui su depositario en el mesón. Sí, es fuerza que se acuerde, pues no ha pasado tanto tiempo; y si yo conocí a usted casi sin luz, en semejante despilfarrado traje y únicamente por la voz, usted ¿cómo no me ha de conocer mirándome muy bien, a favor de esta hermosa llama que nos alumbra, en mi antiguo traje, oyendo el eco de mi voz y recordando las señas que le doy?

Ni me crea usted tan cándido que presuma que verdaderamente está usted ciego de los ojos del cuerpo, por más que esos andrajos me indiquen la ceguedad de su espíritu.

Bien conozco que la situación de usted será tan infeliz que lo habrá obligado a abrazar esta carrera tan indecente por no meterse a robar; pero, amigo, sepa usted que no es otra cosa que un holgazán impune, una sanguijuela del estado y tolerado ladrón, pero ladrón muy vil y muy digno del más severo castigo, porque es un ladrón de los legítimos pobres. Sí señor, usted y sus infames compañeros no hacen más que defraudar el socorro a los realmente necesitados. Ustedes tienen la culpa de que yo, y otros como yo, jamás demos medio real a un mendigo, porque estamos satisfechos de que los más que piden limosna pueden trabajar y ser útiles; y, si no lo hacen, es porque han hallado un asilo seguro en la piedad mal entendida de los fieles, que piensan que la caridad consiste en dar indiscretamente.

No, señor, la caridad debe ser bien ordenada; debe darse limosna, pero saberse antes a quién, cómo, cuándo, para qué, dónde y en qué se distribuye por los que la reciben; no todos los que piden necesitan pedir, no todos los que dicen que están en la última miseria lo están en efecto, ni a todos los que se les da limosna la merecen.

125

Mil veces se hace un perjuicio al mismo tiempo que se piensa beneficiar; y lo peor es que este perjuicio es trascendental al estado, pues se mantienen ociosos y viciosos con lo mismo que se podían mantener los verdaderos pobres, que son los legítimos acreedores a los socorros públicos.

Ni me crea usted sobre mi palabra. Oiga algo de lo mucho que han dicho sobre esto hombres sabios y profundos en la mejor política.

Un autor[28] dice: «La mendicidad habitual aleja la vergüenza y hace al hombro enemigo de la industria... El verdadero pobre es el imposibilitado de trabajar. Consentir que el hábil pida limosna es quitar a aquél y al cuerpo nacional el producto de su aplicación. Si se dirige mal la limosna, a favor del mendigo voluntario, degenera la caridad, reina de las virtudes, en protectora de los vicios; hallar muchos en ella la comida segura es uno de los mayores estorbos de la aplicación. La falta de ocupación en las gentes causa vicios, estragos y ruinas contra la misma inclinación de los más que se corrompen (como me parece que ha sucedido a usted). Sin estudios o ejercicios se entorpecen los hombres y los entendimientos. La potestad política más respetable en proporciones degradará su mérito al extremo de bárbara, no cultivando sus talentos».

El señor don Melchor Rafael de Macanaz, en su representación hecha al rey don Felipe V expresando los notorios males que causan la despoblación... y otros daños sumamente atendibles y dignos de reparo, con las advertencias generales para su universal remedio, hablando de los mendigos dice: «No se permitan pordioseros, porque a veces los que de día parecen baldados, de noche están aptos para robar. Además que en ninguna Corte culta se permiten». Poco antes dice: «Si les va bien pidiendo limosna, no trabajan; se entregan gustosos al abandono, y... se convierten en viciosos».[29]

Mas estas advertencias, aunque sean muy juiciosas, no pueden serlo más que las que tenemos con mucha anticipación en las sagradas letras. Al primer hombre maldijo Dios diciéndole que comería con el sudor de su rostro. Después dijo que el jornalero es digno de su jornal, y en otro parte que al buey que arara (ésta es la ley que observaban los israelitas), que al buey que

---

28   El licenciado don Francisco Peñaranda en su *Resolución universal sobre el sistema económico y político más concerniente a España.*

29   Tom. 7 del Semanario erudito a fojas, 199 y 203.

arara o trillara no se le atara la boca, dándonos a entender que el que trabaja debe comer de su trabajo, así como el que sirve al altar debe comer del altar.

Por último, el apóstol San Pablo, siendo acreedor a los caritativos socorros de los fieles, no quiso molestarlos, sino que trabajaba con sus manos para ganar la vida,[30] y así se lo escribió a los Tesalonicenses en la Epístola 2, cap. 3: «Bien sabéis, les dice, que nadie tuvo que mantenerme de limosna, y que por no seros gravoso trabajaba de día y de noche... y así el que no quiera trabajar que no coma»: *quoniam si quis non vult operari nec manducet.*

En vista de esto, amigo, ¿cuál será la justa disculpa que tendrá ningún flojo ni floja para pretender mantenerse a costa de la piedad mal entendida de los fieles, defraudando de paso el socorro a los que legítimamente lo merecen?

Si usted me dijere que, aunque quieran trabajar, muchos no hallan en qué, le responderé que pueden darse algunos casos de éstos por falta de agricultura, comercio, marina, industria, etc., etc., pero no son tantos como se suponen. Y si no, reparemos en la multitud de vagos que andan encontrándose en las calles, tirados en ellas mismas ebrios, arrimados a las esquinas, metidos en los trucos, pulquerías y tabernas, así hombres como mujeres; preguntemos y hallaremos que muchos de ellos tienen oficio, y otros y otras robustez y salud para servir. Dejémoslos aquí e indaguemos por la ciudad si hay artesanos que necesiten de oficiales y casas donde falten criados y criadas, y, hallando que hay muchos de unos y otros menesterosos, concluiremos que la abundancia de vagos y viciosos (en cuyo número entran los falsos mendigos) no tanto debe su origen a la falta de trabajo que ellos suponen, cuanto a la holgazanería con que están congeniados.

No me fuera difícil señalar los medios para extirpar la mendicidad, a lo menos en este reino; pero este paso ya lo darán otros alguna vez.[31] A más de que a mí no me toca dictar proyectos económicos generales, sino darle a usted buenos consejos particulares como amigo.

En virtud de esto, si usted se halla en disposición de ser hombre de bien, de trabajar y separarse de la vil carrera que ha abrazado, yo estoy con ganas

---

30 Hemos de advertir que San Pablo era noble y caballero Romano, y no se avergonzaba de trabajar para comer.

31 Algo se dijo sobre esto en el número 9 del 2.º tomo de El Pensador Mexicano.

de socorrerlo con alguna friolerilla que podrá aprovecharle tal vez con la experiencia que tiene más que los 3.000 pesos que se sacó de la lotería.

Yo, avergonzado y confundido con el puñado de verdades que aquel buen hombre me acababa de estrellar en los ojos, le dije que desde luego estaba pronto a todo y se lo aseguraba, pero que no tenía conocimientos para solicitar destino.

El caballero, que conocía mi regular letra, me ofreció interesarse con un su amigo que se acababa de despachar de subdelegado de Tixtla para que me llevase en su compañía en clase de escribiente. Agradecí su favor, y él, sacando de un cofre 50 pesos, los puso en mi mano y me dijo: tenga usted 25 pesos que le doy, y 25 que le devuelvo, y son estos mismos que señalé delante de usted, pues siempre me persuadí a que sucedería lo que ha pasado, y que al fin usted propio, mirándose acosado de la pobreza y sin arbitrio, me pediría un socorro tarde o temprano; pero, pues este lance lo anticipó la casualidad de haberlo encontrado, tómelos usted y cuénteme el modo con que se metió a mendigo, pues me persuado que a usted lo sedujeron.

Yo le conté todo lo que me había pasado al pie de la letra, sin olvidar el infernal arbitrio que tenía la perversa Anita de pellizcar a su inocente hijito para hacerlo llorar y conmover a los incautos, contándoles cómo lloraba de hambre.

Pateaba el caballero de cólera al oír esta inhumanidad, y no pudo menos que rogarme lo acompañara a enseñarle la casa, jurándome ocultar no solo mi persona sino mi nombre.

No me pude excusar a sus ruegos, pues, por más que me daban lástima mis compañeros, los 50 pesos me estimulaban imperiosamente a condescender con los ruegos de mi generoso bienhechor; y así, vistiéndome otros desechos y capotillo viejo que él me dio, salimos de la casa y fuimos derechos a la de un alcalde de corte, que, informado de todos los pormenores del asunto, le facilitó a mi protector un escribano y doce ministriles, con los que sin perder tiempo nos dirigimos a la triste choza do los falsos mendigos.

Yo me quedé oculto entre los alguaciles, y éstos cayeron a toda la cuadrilla con la masa en las manos. Los amarraron y los llevaron a la cárcel junta-

128

mente con los parches, aceites, muletas y tompiates, pues decía el escribano que todo aquello se llevara con los reos, pues era el cuerpo del delito.

Quedaron en la cárcel, y yo me volví a casa de mi patrón, con quien estuve en clase de arrimado mientras el subdelegado (que luego me admitió entre sus dependientes) disponía su viaje.

Breve y sumariamente se concluyó la causa de los mendigos. La Anita fue a acabar de criar a su hijo a San Lucas, y los demás a ganar el sustento al castillo de San Juan de Ulúa.

Yo con los 50 pesos me surtí de lo que me hacía más falta, y, habiéndome granjeado la voluntad del subdelegado desde México, llegó el día en que partiéramos para Tixtla.

Entonces me despedí de mi bienhechor dándole muy justos agradecimientos, y salí con mi nuevo amo para mi destino, donde hice los progresos que leeréis en el capítulo siguiente.

Capítulo IX. En el que refiere Periquillo cómo le fue con el subdelegado, el carácter de éste y su mal modo de proceder, el del cura del partido, la capitulación que sufrió dicho juez, cómo desempeñó Perico la tenencia de justicia y finalmente el honrado modo con que lo sacaron del pueblo

Si como los muchachos de la escuela me pusieron por mal nombre Periquillo Sarniento, me ponen Perico Saltador, seguramente digo ahora que habían pronosticado mis aventuras, porque tan presto saltaba yo de un destino a otro, y de una suerte adversa a otra favorable.

Vedme pues pasando de sacristán a mendigo, y de mendigo a escribiente del subdelegado de Tixtla, con quien me fue tan bien desde los primeros días, que me comenzó a manifestar harto cariño, y para colmo de mi felicidad a poco tiempo se descompuso con él su director, y se fue de su casa y de su pueblo.

Mi amo era uno de los subdelegados tomineros e interesables, y trataba, según me decía, no solo de desquitar los gastos que había erogado para conseguir la vara, sino de sacar un buen principalillo de la subdelegación en los cinco años.

Con tan rectas y justificadas intenciones no omitía medio alguno para engrosar su bolsa, aunque fuera el más inicuo y prohibido. Él era comerciante y tenía sus repartimientos; con esto fiaba sus géneros a buen precio a los labradores, y se hacía pagar en semillas a menos valor del que tenían al tiempo de la cosecha; cobraba sus deudas puntual y rigorosamente, y como a él le pagaran se desentendía de la justicia de los demás acreedores, sin quedarles a estos pobres otro recurso para cobrar que interesar a mi amo en alguna parte de la deuda.

A pesar de estar abolida la costumbre de pagar el *marco de plata* que cobraban los subdelegados, como por vía de multa, a los que caían por delito de incontinencia, mi amo no entendía de esto, sino que tenía sus espiones por cuyo conducto sabía la vida y milagros de todos los vecinos, y no solo cobraba el dicho marco a los que se le denunciaban incontinentes, sino que les arrancaba unas multas exorbitantes a proporción de sus facultades, y luego que las pagaban los dejaba ir amonestándoles que cuidado con la reincidencia, porque la pagarían doble. Apenas salían del juzgado cuando se iban a su casa otra vez. Los dejaba descansar unos días, y luego les caía de repente y les arrancaba más dinero. Pobre labrador hubo de estos que en multas se le fue la abundante cosecha de un año. Otro se quedó sin su ranchito por la misma causa. Otro tendero quebró, y los muy pobres se quedaron sin camisa.

Éstas y otras gracias semejantes tenía mi amo, pero así como era habilísimo para exprimir a sus súbditos, así era tonto para dirigir el juzgado, y mucho más para defenderse de sus enemigos, que no le faltaban, y muchos, ¡gracias a su buena conducta!

En estos trabajos se halló metido y arrojado luego que se le fue el director, que era quien lo hacía todo, pues él no era más que una esponja para chupar al pueblo, y un firmón para autorizar los procesos y las correspondencias de oficio.

No hallaba qué hacerse el pobre, ni sabía cómo instruir una sumaria, formalizar un testamento, ni responder una carta.

Yo, viendo que ni atrás ni adelante daba puntada en la materia, me comedí una vez a formar un proceso y a contestar un oficio, y le gustó tanto mi estilo y habilidad que desde aquel día me acomodó de su director, y me hizo

130

dueño de todas sus confianzas, de manera que no había trácala ni enredo suyo que yo no supiera bien a fondo, y del que no le ayudara a salir con mis marañas perniciosas.

Fácilmente nos llevamos con la mayor familiaridad, y, como ya le sabía sus podridas, él tenía que disimular las mías, con lo que si él solo era un diablo, él y yo éramos dos diablos con quienes no se podía averiguar el triste pueblo; porque él hacía sus diabluras por su lado, y yo por el mío hacía las que podía.

Con tan buen par de pillos, revestidos el uno de la autoridad ordinaria y el otro del disimulo más procaz, rabiaban los infelices indios, gemían las castas, se quejaban los blancos, se desesperaban los pobres, se daban al diablo los riquillos, y todo el pueblo nos toleraba por la fuerza en lo público, y nos llenaba de maldiciones en secreto.

Sería menester cerrar los ojos y taparse los oídos si estampara yo en este lugar las atrocidades que cometimos entre los dos en menos de un año, según fueron de terribles y escandalosas; sin embargo, diré las menos, y las referiré de paso, así para que los lectores no se queden enteramente con la duda, como para que gradúen por los menos malos cuáles serían los crímenes más atroces que cometimos.

Siempre en los pueblos hay algunos pobretones que hacen la barba a los subdelegados con todas sus fuerzas, y procuran ganarse su voluntad prostituyéndose a las mayores vilezas.

A uno de éstos le daba dinero el subdelegado por mi mano para que fuera a poner montes de albures, avisándonos en qué parte. Este tuno cogía el dinero, seducía a cuantos podía, y nos enviaba a avisar en dónde estaba. Con su aviso formábamos la ronda, les caíamos, los encerrábamos en la cárcel y les robábamos cuanto podíamos, repitiendo estos indignos arbitrios y el pillo sus viles intrigas cuantas veces queríamos.

Contraviniendo a todas las reales órdenes que favorecen a los indios, nos servíamos de estos infelices a nuestro antojo, haciéndolos trabajar en cuanto queríamos y aprovechándonos de su trabajo.

Por cualquier pretexto publicábamos bandos, cuyas penas pecuniarias impuestas en ellos exigíamos sin piedad a los infractores. Pero ¡qué bandos y para qué cosas tan extrañas! Supongamos: para que no anduviesen burros,

131

puercos ni gallinas fuera de los corrales; otros para que tuviesen gatos los tenderos; otros para que nadie fuera a misa descalzo, y todos a este modo.

He dicho que publicábamos y hacíamos en común estas fechorías porque así era en realidad; los dos hacíamos cuanto queríamos ayudándonos mutuamente. Yo aconsejaba mis diabluras y el subdelegado las autorizaba, con cuyo método padecían bastante los vecinos, menos tres o cuatro que eran los más pudientes del lugar.

Éstos nos pechaban grandemente, y el subdelegado les sufría cuanto querían. Ellos eran usureros, monopolistas, ladrones y consumidores de la sustancia de los pobres del pueblo; unos comerciantes y otros labradores ricos. A más de esto eran soberbísimos. A cualquier pobre indio, o porque les cobraba sus jornales, o porque les regateaba, o porque quería trabajar con otros amos menos crueles, lo maltrataban y golpeaban con más libertad que si fuera su esclavo.

Mandaban estos régulos, tolerados por el juez, en su director, en el juzgado y en la cárcel; y así ponían en ella a quien querían por quítame allá esas pajas.

No por ser tan avarientos ni por verse malquistos del pueblo dejaban de ser escandalosos. Dos de ellos tenían en sus casas a sus amigas con tanto descaro que las llevaban a visita a la del señor juez, teniendo éste a mucho honor estos ratos, y convidándose para bautizar al hijo de una de ellas que estaba para ver la luz del mundo, como sucedió en efecto.

Solo a estos cuatro pícaros respetábamos, pero a los demás los exprimíamos y mortificábamos siempre que podíamos. Eso sí, el delincuente que tenía dinero, hermana, hija o mujer bonita, bien podía estar seguro de quedar impune, fuera cual fuera el delito cometido; porque, como yo era el secretario, el escribano, el escribiente, el director y el alcahuete del subdelegado, hacía las causas según quería, y los reos corrían la suerte que les destinaba.

Los molletes venían al asesor como yo los frangollaba; éste dictaminaba según lo que leía autorizado por el juez, y salían las sentencias endiabladas; no por ignorancia del letrado, ni por injusticia de los jueces, sino por la sobrada malicia del subdelegado y su director.

Lo peor era que, en teniendo los reos plata o faldas que los protegieran, aunque hubiera parte agraviada que pidiera, salía libre y sin más costas que

132

las que tenía adelantadas, a pesar de sus enemigos; pero si era pobre o tenía una mujer muy honrada en su familia, ya se podía componer, porque le cargábamos la ley hasta lo último, y cuando no era muy delincuente tenía que sufrir ocho o diez meses de prisión; y aunque nos amontonara escritos sobre escritos, hacíamos tanto caso de ellos como de las coplas de la Zarabanda.

Por otra parte el señor cura alternaba con nosotros para mortificar a los pobres vecinos. Yo quisiera callar las malas cualidades de este eclesiástico, pero es indispensable decir algo de ellas por la conexión que tuvo en mi salida de aquel pueblo.

Él era bastantemente instruido, doctor en cánones, nada escandaloso y demasiado atento; mas estas prendas se deslucían con su sórdido interés y declarada codicia. Ya se deja entender que no tenía caridad, y se sabe que donde falta este sólido cimiento no puede fabricarse el hermoso edificio de las virtudes.

Así sucedía con nuestro cura. Era muy enérgico en el púlpito, puntual en su ministerio, dulce en su conversación, afable en su trato, obsequioso en su casa, modesto en la calle, y hubiera sido un párroco excelente, si no se hubiera conocido la moneda en el mundo; mas ésta era la piedra de toque que descubría el falso oro de sus virtudes morales y políticas. Tenía harta gracia para hacerse amar y disimular su condición, mientras no se le llegaba a un tomín; pero como le pareciera que se defraudaba a su bolsa el más ratero interés, adiós amistades, buena crianza, palabras dulces y genio amable; allí concluía todo, y se le veía representar otro personaje muy diverso del que solía, porque entonces era el hombre más cruel y falto de urbanidad y caridad con sus feligreses. A todo lo que no era darle dinero estaba inexorable; jamás le afectaron las miserias de los infelices, y las lágrimas de la desgraciada viuda y del huérfano triste no bastaban a enternecer su corazón.

Pero para que se vea que hay de todo en el mundo, os he de contar un pasaje que presencié entre muchos.

Con ocasión de unas fiestas que había en Tixtla convidó nuestro cura al de Chilapa, el Br. don Benigno Franco, hombre de bello genio, virtuoso sin hipocresía y corriente en toda sociedad, quien fue a las dichas fiestas; y una tarde que estaban disponiendo en el curato divertirse con una malilla mientras era hora de ir a la comedia, entró una pobre mujer llorando amargamente con una criatura de pecho en los brazos y otra como de tres años de la mano.

Sus lágrimas manifestaban su íntima aflicción, y sus andrajos su legítima pobreza. ¿Qué quieres, hija?, le dijo el cura de Tixtla; y la pobre, bebiéndose las lágrimas, le respondió: señor cura, desde antenoche murió mi marido, no me ha dejado más bienes que estas criaturas, no tengo nada que vender ni con qué amortajarlo, ni aun velas que poner al cuerpo; apenas he juntado de limosna estos doce reales que traigo a su mercé, y a esta misma hora no hemos comido ni yo ni esta muchachita; le ruego a su mercé que por el siglo de su madre y por Dios me haga la caridad de enterrarlo, que yo hilaré en el torno y le abonaré dos reales cada semana.

Hija, dijo el cura, ¿qué calidad tenía tu marido? Español, señor. ¿Español? Pues te faltan 6 pesos para completar los derechos, que ésos previene el arancel; toma, léelo... Diciendo esto le puso el arancel en las manos, y la infeliz viuda, regándolo con el agua del dolor, le dijo: ¡ay, señor cura! ¿Para qué quiero este papel si no sé leer? Lo que le ruego a su mercé es que por Dios entierre a mi marido. Pues hija, decía el cura con gran socarra, ya te entiendo, pero no puedo hacer estos favores; tengo que mantenerme y que pagar al padre vicario. Anda, mira a don Blas, a don Agustín o a otro de los señores que tienen dinero, y ruégales que te suplan por tu trabajo el que te falta y mandaré sepultar el cadáver.

Señor cura, decía la pobre mujer, ya he visto a todos los señores y ninguno quiere. Pues alquílate, métete a servir. ¿Dónde me han de querer, señor, con estas criaturas? Pues anda, mira lo que haces y no me muelas, decía el cura muy enfadado, que a mí no me han dado el curato para fiar los emolumentos, ni me fía el tendero, ni el carnicero, ni nadie. Señor, instaba la infeliz, ya el cadáver se comienza a corromper y no se puede sufrir en la vecindad. Pues cómetelo, porque si no traes cabales los 7 pesos y medio, no creas que lo entierre por más plagas que me llores. ¡Quién no conoce a ustedes, sinvergüenzas, embusteras! Tienen para fandangos y almuercitos en vida de sus maridos, para estrenar todos los días zapatos, enaguas y otras cosas; y no tienen para pagar los derechos al pobre cura. Anda noramala, y no me incomodes más.

134

La desdichada mujer salió de allí confusa, atormentada y llena de vergüenza por el áspero tratamiento de su cura, cuya dureza y falta de caridad nos escandalizó a todos los que presenciamos el lance; pero, a poco rato de haber salido la expresada viuda, volvió a entrar presurosa y, poniendo sobre la mesa los 7 y medio pesos, le dijo al cura: ya está aquí el dinero, señor, hágame, usted favor de que vaya el padre vicario a enterrar a mi marido.

¿Qué le parece a usted de estas cosas, compañero?, dijo nuestro cura al de Chilapa enredando con él la conversación. ¿No son unos pícaros muchos de mis feligreses? ¿Ve usted cómo esta bribona traía el dinero prevenido y se hacía una desdichada por ver si yo la creía y enterraba a su marido de coca? A otro cura de menos experiencia que yo, ¿no se la hubiera pegado ésta con tantas lágrimas fáciles?

El cura Franco, como si lo estuviera reprendiendo su prelado, bajaba los ojos, enmudecía, mudaba de color cada rato, y de cuando en cuando veía a la desgraciada viuda con tal ahínco que parecía quererle decir alguna cosa.

Todos estábamos pendientes de esta escena sin poder averiguar qué misterio tenía la turbación del cura don Benigno; pero el de Tixtla, encarándose severamente a la mujer y echándose el dinero en la bolsa le dijo: está bien, sinvergüenza, se enterrará tu marido; pero será mañana en castigo de tus picardías, embustera.

No soy embustera, señor cura, dijo la triste mujer con la mayor aflicción, soy una infeliz; el dinero me lo han dado de limosna ahora mismo. ¿Ahora mismo? Ésa es otra mentira, decía el cura, ¿y quién te lo ha dado? Entonces la mujer, soltando la criatura que llevaba de la mano y tomando en un brazo a la de pecho, se arroja a los pies del cura de Chilapa, lo abraza por las rodillas, reclina sobre ellas la cabeza y se desata en un mar de llanto sin poder articular una palabra. Su hijita la que andaba lloraba también al ver llorar a su madre; nuestro cura se quedó atónito, el de Chilapa se inclinó rodándose las lágrimas y porfiaba por levantar a la afligida, y todos nosotros estábamos absortos con semejante espectáculo.

Por fin, la misma mujer, luego que calmó algún tanto su dolor, rompió el silencio diciendo a su benefactor: padre, permítame usted que le bese los pies y se los riegue con mis lágrimas en señal de mi agradecimiento. Y volviéndose a nosotros prosiguió: sí, señores, este padre, que no será solo un señor

135

sacerdote, sino un ángel bajado de los cielos, luego que salí me llamó a solas en el corredor, me dio 12 pesos y me dijo casi llorando: anda, hijita, paga el entierro y no digas quién te ha socorrido. Pero yo fuera la mujer más ingrata del mundo si no gritara quién me ha hecho tan grande caridad. Perdóneme que lo haya dicho, porque, a más de que quería agradecerle públicamente este favor, me dolió mucho mi corazón al verme maltratar tanto de mi cura, que me trataba de embustera.

Los dos curas se quedaron mutuamente sonrojados y no osaban mirarse uno al otro, ambos confundidos: el de Tixtla por ver su codicia reprendida, y el de Chilapa por advertir su caridad preconizada. El padre vicario, con la mayor prudencia, pretextando ir a hacer el entierro a la misma hora, sacó de allí a la mujer, y el subdelegado hizo sentar a los convidados y se comenzó la diversión del juego, con la que se distrajeron todos.

Ya dije que fui testigo de este pasaje, así como de los torpes arbitrios que se daba nuestro cura para habilitar su cofre de dinero. Uno de ellos era pensionar a los indios para que en la Semana Santa le pagasen un tanto por cada efigie de Jesucristo que sacaban en la procesión que llaman *de los Cristos*; pero no por vía de limosna ni para ayuda de las funciones de la iglesia, pues éstas las pagaban a parte, sino con el nombre de derechos, que cobraba a proporción del tamaño de las imágenes, verbigracia, por un Cristo de dos varas, cobraba 2 pesos; por el de media vara, 12 reales; por el de una tercia, un peso; y así se graduaban los tamaños hasta de a medio real. Yo me limpié las legañas para leer el arancel, y no hallé prefijados en él tales derechos.

El Viernes Santo salía en la procesión que llaman del Santo Entierro; había en la carrera de la dicha procesión una porción de altares, que llaman posas, y en cada uno de ellos pagaban los indios multitud de pesetas pidiendo en cada vez *un responso por el alma del Señor*, y el bendito cura se guardaba los tomines, cantaba la oración de la Santa Cruz y dejaba a aquellos pobres sumergidos en su ignorante y piadosa superstición. Pero ¿qué más? Le constaba que el día de finados llevaban los indios sus ofrendas y las ponían en sus casas creyendo que mientras más fruta, tamales, atole, mole y otras viandas ofrecían, tanto más alivio tenían las almas de sus deudos; y aun había indios tan idiotas que, mientras estaban en la iglesia, estaban echando

136

pedazos de fruta y otras cosas por los agujeros de los sepulcros. Repito que el cura sabía, y muy bien, el origen y espíritu de estos abusos; pero jamás les predicó contra él, ni se lo reprendió; y con este silencio apoyaba sus supersticiones, o más bien las autorizaba, quedándose aquellos infelices ciegos, porque no había quien los sacara de su error. Ya sería de desear que solo en Tixtla y en aquel tiempo hubieran acontecido estos abusos, pero la lástima es que hasta el día hay muchos Tixtlas. ¡Quiera Dios que todos los pueblos del reino se purguen de éstas y otras semejantes boberías, a merced del celo, caridad y eficacia de los señores curas!

Fácil es concebir que, siendo el subdelegado tan tominero y no siendo menos el cura, rara vez había paz entre los dos; siempre andaban a mátame o te mataré, porque es cierto que dos gatos no pueden estar bien en un costal. Ambos trataban de hacer su negocio cuanto antes, y de exprimir al pueblo cada uno por su lado. Con esto a cada paso se formaban competencias, de que nacían quejas y disgustos. Por ejemplo: el cura, sin ser de su instituto, perseguía a los incontinentes libres, por ver si los casaba y percibía los derechos; el subdelegado hacía lo mismo por percibir las multas; cogía el cura a algunos, los reclamaba el juez secular, los negaba el eclesiástico, y he aquí formada ya una competencia de jurisdicciones.

En éstas y las otras los pobres eran los lázaros, y regularmente ellos pagaban el pato o con la prisión, o con el desembolso que sufrían, siendo los miserables indios la parte más flaca sobre que descargaba el interés de ambos traficantes.

A excepción de cuatro riquillos consentidos que con su dinero compraban la impunidad de sus delitos, nadie podía ver al cura ni al subdelegado. Ya algunos habían representado en México contra ellos por sus agravios particulares, mas sus quejas se eludían fácilmente, como que siempre había testigos que depusieran contra ellos y en favor de los agraviantes, haciendo pasar a los que se quejaban por unos calumniadores cavilosos.

Pero como el crimen no puede estar mucho tiempo sin castigo, sucedió que los indios principales con su gobernador pasaron a esta capital, hostigados ya de los malos tratamientos de sus jueces, y sin meterse por entonces con el cura acusaron en forma al subdelegado, presentando a la

Real Audiencia un terrible escrito contra él que contenía unos capítulos tan criminales como éstos.

Que el subdelegado comerciaba y tenía repartimientos.

Que obligaba a los hijos del pueblo a comprarle al fiado, y les exigía la paga en semillas y a menos precio del corriente.

Que los obligaba a trabajar en sus labores por el jornal que quería, y, al que se resistía o no iba, lo azotaba y encarcelaba.

Que permitía la pública incontinencia a todo el que tenía para estarle pagando multas cada rato.

Que por 500 pesos solapó y puso en libertad a un asesino alevoso.

Que por tercera persona armaba juegos, y luego sacrificaba a cuantos cogía en ellos.

Que ocupaba a los indios en el servicio de su casa sin pagarles nada.

Que se hacía servir de las indias, llevando a su casa tres cada semana con el nombre de semaneras sin darles nada, y no se libraban de esta servidumbre ni las mismas hijas del gobernador.

Que les exigía a los indios los mismos derechos en sus demandas que los que cobraba de los españoles.

Que los días de *tianguis* él era el primer regatón que abarcaba los efectos que andaban más escasos, los hacía llevar a su tienda y después los vendía a los pobres a subido precio.

Últimamente, que comerciaba con los reales tributos.

Tales eran los cargos que hacían en el escrito, que concluía pidiendo se llamase al subdelegado a contestar en la capital, que fuera a Tixtla un comisionado para que, acompañado del justicia interino, procediese a la averiguación de la verdad, y, resultando cierta la acusación, se depusiera del empleo, obligándolo a resarcir los daños particulares que había inferido a los hijos del pueblo.

La Real Audiencia decretó de conformidad con lo que los indios suplicaban, y despachó un comisionado.

Toda esta tempestad se prevenía en México sin saber nosotros nada, ni aun inferirlo de la ausencia de los indios, porque éstos fingieron que iban a mandar a hacer una imagen. Con esto le cogió de nuevo a mi amo la notificación que le hizo el comisionado una tarde que estaba tomando fresco en

138

el corredor de las casas reales, y se reducía a que, cesando desde aquel momento sus funciones, nombrase un lugarteniente, saliese del pueblo dentro de tres días, y dentro de ocho se presentara en la capital a responder a los cargos de que lo acusaban.

Frío se quedó mi amo con semejante receta; pero no tuvo otra cosa que hacer que salir a trompa y cuezco, dejándome de encargado de justicia.

Cuando yo me vi solo y con toda la autoridad de juez a cuestas, comencé a hacer de las mías a mi entera satisfacción. En primer lugar desterré a una muchacha bonita del pueblo, porque vivía en incontinencia. Así sonó, pero el legítimo motivo fue porque no quiso condescender con mis solicitudes, a pesar de ofrecerle toda mi judicial interinaria protección. Después, mediante un regalito de 300 pesos, acriminé a un pobre, cuyo principal delito era tener mujer bonita y sin honor, y se logró con mi habilidad despacharlo a un presidio, quedándose su mujer viviendo libremente con su querido.

A seguida requerí y amenacé a todos los que estaban incursos en el mismo delito, y ellos, temerosos de que no les desterrara a sus amadas como lo sabía hacer, me pagaban las multas que quería, y me regalaban para que no los moliera muy seguido.

Tampoco dejé de anular las más formales escrituras, revolver testamentos, extraviar instrumentos públicos como obligaciones o fianzas, ni de cometer otras torpezas semejantes. Últimamente, yo, en un mes que duré de encargado o suplente de juez, hice más diabluras que el propietario, y me acabé de malquistar con todos los vecinos.

Para coronar la obra, puse juego público en las casas reales, y la noche que me ganaban salía de ronda a perseguir a los demás jugadores privados, de suerte que había noches que a las doce de la noche salían los tahúres de mi casa a las suyas, y entraban a la cárcel los pobretes que yo encontraba jugando en la calle, y con las multas que les exigía me desquitaba del todo o de la mayor parte de lo que había perdido.

Una noche me dieron tal entrada que, no teniendo un real mío, descerrajé las cajas de comunidad y perdí todo el dinero que había en ellas; mas esto no lo hice con tal precaución que dejaran otros de advertirlo y ponerlo en noticia del cura y del gobernador, los cuales, como responsables a aquel dinero y sabiendo que yo no tenía tras qué caer, representaron luego a la capital

139

acompañando su informe de certificaciones privadas que recogieron no solo de los vecinos honrados del lugar, sino del mismo comisionado, pero esto lo hicieron con tal secreto que no me pasó por las narices.

El cura fue el que convocó al gobernador, quien hizo el informe, recogió las certificaciones, las remitió a México y fue el principal agente de mi ruina, según he dicho; y esto no por amor al pueblo ni por celo de la caridad, sino porque había concebido el quedarse con la mayor parte de aquel dinero so pretexto de componer la iglesia, como ya se lo había propuesto a los indios, y éstos parece que se iban disponiendo a ello. Con esto, cuando supo mi aventura y perdió las esperanzas de soplarse el dinero, se voló y trató de perderme, como lo hizo.

Para alivio de mis males, el subdelegado, no teniendo qué responder ni con qué disculparse de los cargos de que los indios y otros vecinos lo acusaron, apeló a la disculpa de los necios, y dijo que a él le cogía de nuevo que aquéllos fueran crímenes, que él era lego, que jamás había sido juez y no entendía de nada, que se había valido de mí como su director, que todas aquellas injusticias yo se las había dictado, y que así yo debía ser el responsable como que de mí se fiaba enteramente.

Estas disculpas, pintadas con la pluma de un abogado hábil, no dejaron de hacerse lugar en el íntegro juicio de la Audiencia, si no para creer al subdelegado inocente, a lo menos para rebajarle la culpa en la que, no sin razón, consideraron los señores que yo tenía la mayor parte, y más cuando casi al tiempo de hacer este juicio recibieron el informe del cura, en el que vieron que yo cometía más atrocidades que el subdelegado.

Entonces (yo hubiera pensado de igual modo) cargaron sobre mí el rigor de la ley que amenazaba a mi amo, disculparon a éste en mucha parte, lo tuvieron por un tonto e inepto para ser juez, lo depusieron del empleo y exigieron de los fiadores el reintegro de los reales intereses, dejando su derecho a salvo a los particulares agraviados para que repitiesen sus perjuicios contra el subdelegado a mejora de fortuna, porque en aquel caso se manifestó insolvente; y enviaron siete soldados a Tixtla para que me condujesen a México en un macho con silla de pita y calcetas de Vizcaya.[32]

---

32 En un macho aparejado y con grillos. (N. del E.)

140

Tan ajeno estaba yo de lo que me había de suceder, que la tarde que llegaron los soldados estaba jugando con el cura y el comisionado una malilla de campo a real el paso. No pensaba entonces en más que en resarcirme de cuatro codillos que me habían pegado uno tras otro. Cabalmente me habían dado un solo que era tendido, y estaba yo hueco con él, cuando en esto que llegan los soldados, y entran en la sala y, como esta gente no entiende de cumplimientos, sin muchas ceremonias preguntaron ¿quién era el encargado de justicia? Y luego que supieron que yo era, me intimaron el arresto y, sin dejarme jugar la mano, me levantaron de la mesa, dieron un papel al cura y me condujeron a la cárcel.

El papel me hago el cargo que contendría la real provisión de la Audiencia y el sujeto que debía quedar gobernando el pueblo. Lo cierto es que yo entré a la cárcel y los presos me hicieron mucha burla, y se desquitaron en poco tiempo de cuantos trabajos les hice yo pasar en todo el mes.

Al día siguiente, bien temprano y sin desayunarme, me plantaron mi par de grillos, me montaron sobre un macho aparejado y me condujeron a México, poniéndome en la cárcel de Corte.

Cuando entré en esta triste prisión me acordé del maldito aguacero de orines con que me bañaron otros presos la vez primera que tuve el honor de visitarla, del feroz tratamiento del presidente, de mi amigo don Antonio, del Aguilucho y de todas mi fatales ocurrencias, y me consolaba con que no me iría tan mal, ya porque tenía 6 pesos en la bolsa, y ya por que Chanfaina había muerto y no podía caer en su poder.

Sin embargo, los 6 pesos concluyeron pronto, y yo no dejé de pasar nuevos trabajos de aquellos que son anexos a la pobreza, y más en tales lugares.

Entre tanto, siguió mi causa sus trámites corrientes; yo no tuve con qué disculparme, me hallé confeso y convicto, y la Real Sala me sentenció al servicio del rey por ocho años en las milicias de Manila, cuya bandera estaba puesta en México por entonces.

En efecto, llegó el día en que me sacaron de allí, me pasaron por cajas y me llevaron al cuartel.

Me encajaron mi vestido de recluta, y vedme aquí ya de soldado, cuya repentina transformación sirvió para hacerme más respetuoso a las leyes por temor, aunque no mejor en mis costumbres.

141

Así que yo vi la irremediable, traté de conformarme con mi suerte y aparentar que estaba contentísimo con la vida y carrera militar.

Tan bien fingí esta conformidad, que en cuatro días aprendí el ejercicio perfectamente: siempre estaba puntual a las listas, revistas, centinelas y toda clase de fatigas; procuraba andar muy limpio y aseado, y adulaba al coronel cuanto me era posible.

En un día de su santo le envié unas octavas que estaban como mías; pero me pulí en escribirlas, y el coronel, enamorado de mi letra y de mi talento, según dijo, me relevó de todo servicio y me hizo su asistente.

Entonces ya logré más satisfacciones, y vi y observé en la tropa muchas cosas que sabréis en el capítulo que sigue.

Capítulo X. Aquí cuenta Periquillo la fortuna que tuvo en ser asistente del coronel, el carácter de éste, su embarque para Manila y otras cosillas pasaderas

Cuando a los hombres no los contiene la razón, los suele contener el temor del castigo. Así me sucedió en esta época en que, temeroso de no sufrir los castigos que había visto padecer a algunos de mis compañeros, traté de ser hombre de bien a pura fuerza, o a lo menos de fingirlo, con lo que logré no experimentar los rigores de las ordenanzas militares; y con mis hipocresías y adulaciones me capté la voluntad del coronel, quien, como dije, me llevó a su casa y me acomodó de su asistente.

Si sin ninguna protección en la tropa procuré granjearme la estimación de mis jefes, ¿qué no haría después que comencé a percibir el fruto de mis fingimientos con el aprecio del coronel? Fácil es concebirlo.

Yo le escribía a la mano cuanto se le ofrecía, hacía los mandados de la casa bien y breve, lo rasuraba y peinaba a su gusto, servía de mayordomo y cuidaba del gasto doméstico con puntualidad, eficacia y economía, y en recompensa contaba con el plato, los desechos del coronel, que eran muy buenos y pudiera haberlos lucido un oficial, algunos pesitos de cuando en cuando, mi entero y absoluto relevo de toda fatiga, que no era lo menos, tal cual libertad para pasearme y mucha estimación del caballero coronel, que ciertamente era lo que más me amarraba. Al fin yo había tenido buenos principios, y me obligaba más el cariño que el interés. Ello es que llegué a

142

querer y a respetar al coronel como a mi padre, y él llegó a corresponder mi afecto con el amor de tal.

Sea por la estimación que me tenía, o por lo que yo le servía con la pluma, pocos ratos faltaba de su mesa, y era tal la confianza que hacía de mí que me permitía presenciar cuantas conversaciones tenía. Esto me proporcionó saber algunas cosas que regularmente ignoran los soldados, y quién sabe si algunos oficiales.

El carácter del coronel era muy atento, afable y circunspecto; su edad sería de cincuenta años; su instrucción mucha, porque no solo era buen militar, sino buen jurista, por cuyo motivo todos los días era frecuentada su casa de los mejores oficiales de otros regimientos, que o iban a consultarle algunas cosas, o a platicar con él y divertirse.

Entre las consultas particulares que yo oí, o a lo menos que me parecieron tales, fue la siguiente.

Un día entraron juntos a casa dos oficiales, un sargento mayor y otro capitán. Después de las acostumbradas salutaciones, dijo el mayor: mi coronel, Dios los cría y ellos se juntan. Mi camarada y yo necesitamos de las luces de usted y nos hemos juntado para traerle las molestias a pares.

Yo tendré complacencia en servir a ustedes en lo que pueda, respondió el coronel, digan ustedes lo que ocurre.

Entonces el mayor dijo: no gastemos el tiempo en cumplimientos. Se le va a hacer consejo de guerra a un soldado por haber muerto a un hombre con apariencia de justicia, porque lo mató por celos que concibió contra él y su mujer. Es verdad que no lo halló *infraganti*, pero las sospechas y los antecedentes que tenía de la ilícita amistad que llevaba con ella fueron vehementes, y ciertamente lo disculpan; pero como yo soy el fiscal de la causa, no debo alegar nada en su defensa, sino acriminarlo y sacarlo reo del último suplicio. El defensor ha de apurar cuantas excepciones le favorecen para salvarlo, y cate usted que mi pedimento fiscal quedará desairadísimo.

Por esto venía a consultar con usted para que me diga en qué términos se hará la acusación, porque el defensor no burle mi pedimento.

Hay mucho que decir a usted en el particular, dijo el coronel; primeramente, la causa por que aparece cometido el homicidio es de adulterio. Adulterio

143

quiere decir: *Violatio alterius thori*, «violación de lecho ajeno», porque la mujer es reputada lecho del marido.

En nuestro derecho hay muchas leyes que imponen penas a los adúlteros. La 3 del tít. 4 lib. 3 del Fuero Juzgo manda que los adúlteros sean entregados al marido, para que éste haga de ellos lo que quiera. Otras leyes son conformes en esta pena, pero añaden que el marido no puede matar a uno y dejar al otro vivo. La ley 15 tít. 17 part. 7 manda que pierda la adúltera las arras y dote, y sea reclusa. La 5 tít. 20 lib. 8 de la *Recopilación* manda que, cuando el marido por su propia autoridad mate a los adúlteros, no tenga derecho sobre los bienes de la mujer. Esta ley parece que trata de sujetar la arbitrariedad de los maridos ensanchada por las leyes 13 del tít. 17 part. 7 y 4 del tít. 4. lib. 3 del Fuero Juzgo, que permiten al marido matar a los adúlteros.

Aunque hay todo esto, la ilustración de los tiempos ha modificado estas penas, y no habrá usted oído el caso de entregar los adúlteros al marido para que éste disponga de ellos a su antojo; lo más que se practica es perdonar al marido porque mató a los adúlteros, o más bien se debe decir conmutarle la pena capital en un destierro, según fueren las circunstancias; bien que puede haberlas tales que sea justicia ponerlo en completa libertad, después de justificado el hecho de que, sin darle motivo alguno a la mujer, la halla el marido en el acto de la ofensa; pero, por lo que toca a los adúlteros, lo regular es, como dice el doctor Berni en su *Práctica criminal*, encerrar a la mujer en una clausura y desterrar al cómplice, si son de mediana esfera; y si son plebeyos, poner a la una en la cárcel y despachar al otro al presidio. Esto se entiende después de admitida y probada la acusación, la cual solamente puede hacer el marido y el padre, hermano o tío de la adúltera en su caso, y no otro alguno. La mujer no puede acusar al marido de adulterio por no seguírsele deshonra, como lo expresa la ley 1 del tít. 17 part. 7. Sin embargo, en los tribunales se admite la acusación de la mujer, y la justicia pone remedio.

No puede instarse la acusación de adulterio contra un solo adúltero, es menester acusar a ambos.

El autor que acabo de citar a usted al fol. 8 dice, y dice bien, que, como nadie busca testigos para cometer adulterio, admite el derecho pruebas de conjeturas; pero deben ser vehementes, y tales que por ellas se venga en conocimiento del delito... porque, en caso de duda, más pronto se debe

144

absolver que condenar. Las presunciones que denotan con claridad el adulterio son: cuando testigos dignos de fe y crédito, aunque sean de la propia casa, declaran que han visto a Pedro y a Marcia en una misma cama, o lugar sospechoso, o solos en estos lugares, o encerrados en un cuarto, o desnudos, o besándose o abrazándose. Sobre esto hablan con extensión varios intérpretes.

Las excepciones que favorecen a la mujer adúltera son las siguientes. Primera, cuando el marido emprende querella sobre causa de adulterio, y después la deja con ánimo de no seguirla. Segunda, cuando el marido dice ante el juez que no quiere acusar porque está satisfecho de la conducta de su mujer o cosa semejante. Tercera, cuando el marido recibe a su mujer en su lecho después de saber que es adúltera. Cuarta, cuando el marido fuere sabedor y consentidor. En este caso, lejos de poder presentarse como actor contra su mujer, es reo de lenocinio. Quinta, cuando la mujer fuese forzada. Sexta, cuando padeció engaño y cometió adulterio pensando que estaba con su marido. Y séptima, cuando el marido, abjurando la fe y religión católica, abraza otras sectas diversas y se hace moro, judío o hereje. En tales casos queda libre la mujer adúltera de la acusación del marido, y se halla favorecida por las leyes 7 y 8 del tít. 17 part. 7, y 6, 7 y 8 del tít. 9 part. 4.

Ya ve usted en compendio lo que es adulterio, cuáles son sus penas, quién puede acusar de él, cuáles son las excepciones que favorecen a la mujer, y qué se entiende por sospechas o presunciones vehementes. En vista de esto, usted, que está impuesto en la causa, sabrá cómo ha de formar la acusación.

Es que las sospechas son vehementísimas, dijo el mayor, porque, a más de que hay testigos que deponen haber visto al ya muerto con la mujer del soldado, éste ya le había reconvenido e intimado que no entrara a su casa; y, sin embargo de esto, él entraba, y cuando lo mató lo halló solo con su mujer en confianza de que estaba de guarda, la que él abandonó instigado de su celo, y encontró atrancada la puerta, que abrió de un empujón. Esto me hace creer que por necesidad haré yo una acusación floja.

¿Pues que usted pretende que muera el reo aunque no lo merezca?, dijo el coronel. No, repuso el sargento, no deseo que muera; pero, como soy el

145

fiscal, debo desvanecer sus defensas, desentenderme de sus excepciones y agravar su delito. Ésta es mi obligación.

Se equivoca usted, señor mayor, dijo el coronel, en pensar que su obligación es acriminar a los reos. El fiscal no es otra cosa que el defensor de la ley, y para cumplir con su encargo no tiene que intentar el sacar reo precisamente al acusado.[33]

Conque, según eso, dijo el mayor, yo cumpliré bien con exponer en el consejo la causa con la misma cara que tiene, y pedir se le aplique al reo una pena moderada, o a lo más la que prescribe la ordenanza a los que abandonan la guardia.

Así me parece que debe hacerse, y aun esa pena debe modificarse en justicia, atendida la vehemente pasión de los celos, sin la cual es de creer que no hubiera desamparado la guardia, y de consiguiente puede su defensor probar que este delito militar, por el que en otro caso merecería baquetas o la última pena, según el tiempo, no lo cometió con entera deliberación, y, como las penas deben agravarse o disminuirse a proporción del intento con que se cometen, se seguirá indudablemente que el consejo de guerra le impondrá a ese soldado una pena menos grave que la que previene la ordenanza, considerando que, como dijo el señor rey don Alonso el Sabio en una de sus Leyes de Partida, *los primeros movimientos que mueven el corazón del ome, no son en su poder.*[34]

---

33 El señor don Marcos Gutiérrez, en el segundo tomo de su Práctica criminal de España, al fol. 9 dice: El cargo de fiscal es de suma confianza en los tribunales, y no corresponderán a ésta los oficiales de estado mayor que le ejercen en los consejos de guerra, si no procuran desempeñarle con rectitud y actividad, procediendo en sus acusaciones de buena fe, con la mayor integridad y como defensores de la ley, sin calumniar ni ofender a nadie injustamente; de modo que se ha de buscar la verdad y no la gloria de sacar delincuente con sofismas y cavilaciones al que no lo es. El celo por el bien público tiene sus límites, cuya violación le convierte en celo indiscreto e injusto, por lo que es un grande error y una bárbara necedad en algunos creer que el sargento mayor o el ayudante ha de acriminar y agravar al reo en su conclusión cuanto sea posible.

34 Esta doctrina es conforme a la razón y al espíritu de nuestras leyes. El señor Lardizábal, en su Discurso sobre las penas, dice que se disminuye la libertad por causa intrínseca, y esto sucede cuando el ímpetu y fuerza de las pasiones es tanta que ofusca el ánimo, ciega el entendimiento y precipita cuasi involuntariamente al mal, como sucede en los primeros movimientos de ira, de cólera, de dolor y otras pasiones semejantes, en cuyo caso los

146

Quedo enteramente satisfecho, dijo el mayor, y agradecido a la prolijidad con que usted me ha hecho entender que no están los fiscales obligados a acriminar a los reos ni a sacarlos delincuentes a pura fuerza, sino solo a defender las leyes; aunque me parece que usted sería mejor para defensor que para fiscal.

Eso ahora lo veremos, dijo el capitán, pues yo soy defensor de otro soldado que mató a un hombre alevosamente, y no sé cómo sacarlo inocente, pues ésa es cabalmente mi obligación.

Pues usted también se equivoca, dijo el coronel, porque si su ahijado es homicida, y está probada la alevosía, poca esperanza puede tener en la defensa de usted, siempre que la haga con arreglo a su conciencia, pues *el que mata a otro debe morir*, dice Dios.[35] Se entiende cuando no es en defensa propia, en un acto primo indeliberado, por una casualidad, en justa satisfacción de su honor vulnerado, como en el caso de adulterio, o por causa semejante; pero si la muerte se comete de hecho pensado, y no tiene ninguna de estas excepciones en su favor el homicida, es alevoso; debe morir según las leyes patrias, y ni aun goza la inmunidad del sagrado. Conque vea usted qué tal quedará con su defensa, cuando confiesa que su ahijado es alevoso.

Es cierto, dijo el capitán, pero tiene en su favor una excepción muy poderosa que lo defiende, y usted no ha mentado. A lo menos creo que se librará del último suplicio, aunque yo quisiera formar su defensa de modo que saliera en libertad, o cuando mucho sentenciado a comenzar su servicio de nuevo. Éste es mi empeño, y para ello he venido a aconsejarme de usted.

¿Y cuál es la excepción que tiene en su abono?, preguntó el coronel; y el defensor dijo que el estar borracho cuando cometió el asesinato.

Riose el coronel alegremente, y le dijo: si como estaba borracho hubiera estado loco, seguramente usted quedaba bien; pero, ¡borracho! ¡Borracho...! Al palo debe ir ese hombre aunque lo defienda Cicerón.

¿Cómo puede ser eso, decía el capitán, cuando usted mismo ha dicho que las penas deben agravarse o disminuirse a proporción del intento y deliberación con que se cometen los delitos? Según esta doctrina, y probada

---

delitos cometidos de esta suerte deben castigarse con menos severidad que cuando se hacen a sangre fría y con entera deliberación.

35 Génesis, cap. 9.

la embriaguez de mi ahijado cuando mató al hombre, claro es que hizo la muerte sin plena deliberación, y de consiguiente no merece la pena capital.

Así parece que debía ser a primera vista, pero las leyes deben hacer distinción para la imposición de las penas entre el que se embriagó por casualidad u otro motivo extraordinario y el que lo hace por hábito y costumbre. Al primero, si delinque estando privado de su juicio, se le debe disminuir y tal vez remitir la pena, según las circunstancias; el segundo debe ser castigado como si hubiera cometido el delito estando en su acuerdo, sin tener respeto ninguno a la embriaguez, si no es acaso para aumentarle la pena, pues ciertamente no debería tenerse por injusto el legislador que quisiese resucitar la ley de Pitaco, el cual imponía dos penas al que cometía un delito estando embriagado, una por el delito y otra por la embriaguez.[36]

Podrían citarse sobre lo dicho unas palabras de Aristóteles, dignas de que usted las sepa para su inteligencia. Dice, pues, este político pagano: *Siempre que por ignorancia se comete algún delito, no se hace voluntariamente, y por consiguiente no hay injuria. Pero si el mismo que comete el delito es causa de la ignorancia con que se comete, entonces hay verdaderamente injuria y derecho para acusarle, como sucede en los ebrios, los cuales, si cuando están poseídos del vino causan algún daño, hacen injuria, por cuanto ellos mismos fueron causa de su ignorancia, pues no debieron haber bebido tanto.*

Pues mal estamos, dijo el defensor, porque los testigos que declararon que mi ahijado estaba ebrio cuando cometió el asesinato, afirmaron que acostumbraba embriagarse, y en este caso yo conozco que no le favorece la excepción.

Ya se ve que no, dijo el coronel, y más si se considera que, en cualquier caso que el hombre cometa un delito embriagado, es en mi juicio reo de él, porque en ninguna ocasión debe arriesgarse a que se extravíe su razón. A más de que, si se reflexiona seriamente, merece alguna indulgencia el ebrio que solamente comete delitos que no perjudican sino muy indirecta y remotamente a la sociedad, tales son las injurias que dice uno estando ebrio, aun cuando toquen al honor de alguno, por dos razones: la primera, porque el ebrio tiene la lengua muy fácil, y la experiencia enseña que no hay

---

36   En los mismos términos se expresa el señor Lardizábal en su Discurso sobre las penas ya citado.

148

uno que no hable despropósitos con voz balbuciente; y la segunda, que por esta misma razón apenas habrá quien haga caudal de las producciones de un borracho.

No así cuando en el delito interviene acción y otras circunstancias que claramente denotan bastante conocimiento y deliberación en lo que se hace, como el caso de un homicidio; pues entonces el agresor se previene de arma, busca el objeto de su ira, dispone la ocasión a su venganza y asegura el golpe fatal con tanta fuerza y tino como pudiera el hombre más en su juicio. Por cierto que yo jamás perdonaría la vida al que se la quitara a otro so pretexto de estar ebrio.

Los que beben con demasía lo que pierden es la vergüenza, y hay muchos que toman un poco de licor y se hacen más borrachos de lo que están, para con esta máscara cometer mil infamias y ponerse a cubierto de la pena que merecen; pero, a más de que éstos no son acreedores a ninguna disculpa, aun cuando en realidad estén con la razón trastornada, la merecen menos, porque, aunque padezcan esta falta, la padecen por su causa y son acreedores a dos penas, como se ha dicho.

Verdad es que la embriaguez es una locura pasajera, pero es una locura voluntaria, como dijo Séneca; y así, como se reputa delincuente al suicida, aunque de su voluntad se quita la vida, así debe reputarse tal al que comete un crimen borracho, porque él de su voluntad se embriagó.

Fuera de que, según mi modo de pensar, solo en un caso es el ebrio acreedor a la indulgencia, y es cuando no está en estado de poder cometer ningún delito ni de dañar a otro. ¿Y cuándo será esto? Cuando está tirado y narcotizado en términos de no poder moverse, ni oír, ni conocer, ni hablar, o a lo más cuando no puede levantarse, y si habla es con lengua tartamuda y sin conocimiento. Ello será una paradoja, pero éste será mi modo de pensar toda la vida; porque mientras el borracho habla, anda, conoce, se enoja y se procura precaver de los peligros, es mentira que esté, como vulgarmente se dice, privado de razón. Cierto es que usa de ella trastornadamente en algunas cosas, pero la tiene y la usa con mucho acuerdo en su provecho. Yo a lo menos no he visto un borracho que se tire de una azotea abajo, ni que cuando hiere a otro le dé con el puño del cuchillo, ni que por darle a Juan le dé a Pedro, ni cosa semejante. Ellos son locos, es verdad, mas no hay loco

149

que coma lumbre; y, últimamente, yo en clase de juez había de tener por regla, para juzgar de la más o menos deliberación de un ebrio, el orden o desorden de sus acciones inmediatas, anteriores y posteriores al momento en que cometiera el crimen; de suerte que, si daba algunos pasos para cometer el delito, y daba otros para huir después de cometido, temeroso de la pena que merecía, sin duda que yo no usaba con él de misericordia, pues el que es dueño de sus pies mejor lo puede ser de su cabeza.

En esta inteligencia usted sabrá lo que hay en el particular acerca de su ahijado, y hará la defensa como le pareciere; pero, si la ha de hacer como Dios y el rey mandan, creo que no puede defender a ese pobre.

¿Pues que, dijo el capitán, no consiste la gracia de un buen defensor en hacer por libertar a su ahijado, por criminal que sea, de la pena que merece? ¿Y no está empeñado, en obsequio de su obligación, en valerse de cuantos medios pueda para el efecto?

No señor, dijo el coronel, la obligación del defensor es examinar si está bien justificado el delito, examinar la fuerza y el valor que tienen las pruebas que hay contra el reo, escudriñar la clase de los testigos y su modo de declarar, fondear si entienden lo que han dicho, ver si concuerdan entre sí en lo sustancial del lugar, tiempo, modo, persona, ocasión y número, o si por el contrario van tan conformes en sus dichos que pueda presumirse soborno, si hay en las declaraciones variedad o inverosimilitud, y otras cosas así; de modo que la obligación del defensor es alegar en favor de su cliente cuantas excepciones le favorezcan en derecho, y examinar si la causa padece alguna nulidad para apoyar en esto su defensa; mas no le es lícito el valerse de medios siniestros e ilegales, como corromper testigos, presentar documentos falsos, censurar injustamente al fiscal, y usar otras diligencias como éstas, que se oponen a la justicia y a la moral.[37]

---

37 Esta doctrina es del autor citado, quien dice en su Práctica criminal, publicada en España de orden del Consejo e impresa en Madrid en 1805, que la preocupación y vanidad de algunos defensores, que fundan su honor en sacar bien a sus clientes, cualesquiera que sean los medios para conseguirlo, son sumamente vituperables, pues por una crasa ignorancia y una caridad muy mal entendida creen que para librar de la muerte a un infeliz es lícito valerse de cuantos medios se presenten, aun cuando sean tan injustos como los dichos.

150

Pues camarada, dijo el mayor al capitán, si no venimos a consultar con el señor coronel, íbamos a quedar frescos cada uno de nosotros por su lado. Usted queriendo salvar a un delincuente, y yo tratando de acriminar al que no lo es, o a lo menos al que no lo es en el grado que yo lo suponía.

Por eso es bueno, dijo el defensor, no fiarse uno de sí propio, y más en casos en que va la vida de un hombre de por medio, o el bien general de la república, sino sujetar su dictamen al mejor, como hemos hecho. Por mi parte doy a usted mil gracias, señor coronel, por su oportuno desengaño. Y yo se las repito también por el que me ha tocado, dijo el fiscal. En esto variaron de conversación, y después de haber hablado un rato cosas de poca importancia se despidieron.

De estas consultas presencié varias, y comencé a sentir cierta gana de saber. Ello es que yo me desasné un poco a favor de las conversaciones de aquel hombre sabio y de su buena librería, que la tenía pequeña pero selecta, y no para mero adorno de su casa, sino de su entendimiento. Rara vez le faltaba un libro en la mano, y me decía frecuentemente: hijo, no están reñidas las letras con las armas. El hombre siempre es hombre en cualquiera clase que se halle, y debe alimentar su razón con la erudición y el estudio. Algunos oficiales he conocido que, aplicados únicamente a sus ordenanzas y a su Colón, no solo no se han dedicado a ninguna clase de estudio ni lectura, sino que han visto los demás libros con cierto aire de indiferencia que parece desprecio, creyendo, y mal, que un militar no debe entender más que de su profesión ni tiene necesidad de saber otra cosa; sin advertir que, como dice Saavedra en su Empresa VI, *una profesión sin noticia ni adorno de otras es una especie de ignorancia*; por eso también he visto que estos sujetos han tenido que representar al convidado de piedra en las conversaciones de gente instruida, quedándose, como dicen vulgarmente, como tontos en vísperas, sin hablar una palabra; y son los que han sabido tomar mejor partido que los que han querido meter su cuchara y salirse de la corta esfera a que han aislado su instrucción, que apenas lo han intentado cuando han

---

La preocupación de los fiscales en pensar que deben conducir los reos al patíbulo, junto con la ya expresada de los defensores en figurarse que deben sacarlos inocentes, contribuye no poco a que se embrollen y dilaten las causas en perjuicio de la recta administración de justicia.

151

prorrumpido en mil inepcias, granjeándose así, cuando menos, el concepto de ignorantes.

Si tú, Pedro, llegares alguna vez a ser oficial, procura ilustrar tu entendimiento con los libros, y aplícate a ignorar cuanto menos puedas.

No quiero que seas un omniscio, ni que faltes a tus precisas obligaciones por el estudio; pero sí que no mires con desdén los libros, ni creas que un militar, por serlo, está disculpado para chorrear disparates en cualquiera conversación, pues en este caso los que lo advierten, o lo tienen por un necio, pedante, o tal vez su falta de instrucción la atribuyen a la humildad de sus principios.

Por el contrario, un militar instruido es apreciado en todas partes, hace número en la sociedad de los sabios y él mismo recomienda su cuna manifestando su finura sin tener que acreditarla con el documento de sus divisas.

No están, repito, reñidas las letras con las armas, antes aquéllas suelen ser y han sido mil veces ornamento y auxilio de éstas. Don Alonso, rey de Nápoles, preguntado que ¿a quién debía más, si a las armas o a las letras?, respondió: *en los libros he aprendido las armas y los derechos de las armas*. Muchos militares ha habido que, penetrados de estos conocimientos, se han aplicado a las letras lo mismo que a las armas, y nos han dejado en sus escritos un eterno testimonio de que supieron manejar la pluma con la misma destreza que la espada. Tales fueron los Franciscos Santos, los Gerardos Lobos, los Ercillas y otros varios.

Por lo que respecta a tu conducta en el caso supuesto, no debes ser menos cuidadoso. Debes vestirte decente sin afeminación, ser franco sin llaneza, valiente en la campaña, jovial y dulce en tu trato familiar con las gentes, moderado en tus palabras y hombre de bien en todas tus acciones. No imites el ejemplo de los malos, no quieras parecer más bien hijo de Adonis que amigo de Marte; jamás seas hazañero ni baladrón, no a título del carácter militar, según entienden mal algunos, seas obsceno en tus palabras ni grosero en tus acciones; ésta no es marcialidad, sino falta de educación y poca vergüenza. Un oficial es un caballero, y el carácter de un caballero debe ser atento, afable, cortés y comedido en todas ocasiones. Advierte que el rey no te condecora con el distintivo de oficial ni condecora a nadie para que se aumenten los provocativos, los atrevidos, los irreligiosos, los gorrones, ni los pícaros; sino para que bajo la dirección de unos hombres de honor se asegure la defensa de la religión católica, su corona, y el bien y tranquilidad de sus estados.

Reflexiona que lo que en un soldado merece pena como dos, en un oficial debe merecerla como cuatro, porque aquél las más veces será un pobre plebeyo sin nacimiento, sin principios, sin educación y acaso sin un mediano talento, y por consiguiente sus errores merecen alguna indulgencia; cuando, por el contrario, el oficial que se considera de buena cuna, instrucción y talento, seguramente debe reputarse más criminal, como que comete el mal con conocimiento, y se halla obligado a no cometerlo con dobles empeños que el soldado vulgar.

Últimamente, si te hallares algún día en este caso, esto es, si algún día fueres oficial, lo que no es imposible, y por desgracia fueres de mala conducta, te aconsejo que no blasones de la limpieza de tu sangre, ni saques a la plaza las cenizas de tus buenos abuelos en su memoria, pues estas jactancias solo servirán de hacerte más odioso a los ojos de los hombres de bien, porque, mientras mejores hayan sido tus ascendientes, tanto más resaltará tu perversidad, y tú propio darás a conocer tu mala inclinación, pues probarás que te empeñaste en ser malo no obstante haber tenido padres buenos, que es felicidad no bien conocida y agradecida en este mundo.

Tales eran los consejos que frecuentemente me daba el coronel, quien a un tiempo era mi jefe, mi amo, mi padre, mi amigo, mi maestro y bienhechor, pues todos estos oficios hacía conmigo aquel buen hombre.

Sin embargo, como mi virtud no era sólida, o más bien no era virtud sino disimulo de mi malicia, no dejaba yo de hacer de las mías de cuando en cuando a excusas del coronel. Sabía visitar a mis amigos, que entonces eran soldados, pues no tenía otros que apetecieran mi amistad; iba al cuartel unas veces, y otras a las almuercerías, bodegas de pulquerías y lupanares a donde me llevaban mis camaradas; jugaba mis alburillos muy seguido, cortejaba mis ninfas y, después que andaba estas tan inocentes estaciones y conocía que el jefe estaba en casa, me retiraba yo a ella a leer, a limpiar la casaca, a dar bola a las botas y a continuar mis hipócritas adulaciones.

153

El frecuente trato que tenía con los soldados me acabó de imponer en sus modales. Entre ellos era yo maldiciente, desvergonzado, malcriado, atrevido y grosero a toda prueba. Algunas veces me acordaba del buen ejemplo y sanas instrucciones del coronel, pero ¿cómo había de dejar de hacer lo que todos hacían? ¿Qué hubieran dicho de mí si delante de ellos me hubiera yo abstenido de hacer o decir alguna picardía u obscenidad por observar los consejos de mi jefe? ¡Qué jácara no hubieran formado a mi cuenta si hubieran escuchado de mi boca los nombres de *Dios, conciencia, muerte, eternidad, premios o castigos divinos*! ¿Qué burla no me hubieran hecho si descuidándome hubiera intentado corregirlos con mi instrucción o con mi buen ejemplo, permitiendo que hubiera sido capaz de darlo? Mucha sin duda; y así yo, por no malquistarme con tan buenos amigos, y porque no me llamaran el *mocho*, el *beato* o el *hipócrita*, concurría con ellos a todas sus maldades, y, a pesar de que algunas me repugnaban, yo procuraba distinguirme por malo entre los malos, atropellando con todos los respetos divinos y humanos a trueque de granjearme su estimación, y los dulces y honoríficos epítetos de *veterano, buen pillo, corriente, marcial*, y otros así con que me condecoraban mis amigos. Lo único que estudiaba era el modo de que mis diabluras no llegaran a la noticia de mi jefe, así por no sufrir el castigo condigno, como por no perder la conveniencia, que sabía por experiencia que era inmejorable.

En las tertulias que tenía con los soldados les oí algunas veces murmurar alegremente de los sargentos. De unos decían que eran crueles, de otros que eran ladrones y que se aprovechaban de su dinero comprando camisas, zapatos, etc., a un precio y cargándoselos a ellos a otro. En fin, hablaban de los pobres sargentos las tres mil leyes. Yo consideraba que tal vez serían calumnias y temeridades, pero no me atrevía a replicarles, porque, como no había estado bajo el dominio de los sargentos el tiempo necesario para experimentarlos, no podía hablar con acierto en la materia.

Así pasé algunos meses, hasta que llegó el día de partirnos para Acapulco, como lo hicimos, conduciendo los reclutas que habían de ser embarcados para Manila.

No hubo novedad en el camino, llegamos con felicidad a la Ciudad de los Reyes, puerto y fortaleza de San Diego de Acapulco. No me admiraron sus

154

Reales Tamarindos, ni la ciudad, que por la humildad de sus edificios, mal temperamento y pésima situación me pareció menos que muchos pueblos de indios que había visto; pero, en cambio de este disgusto, tuve la sorprendente complacencia de ver por la primera vez el mar, el castillo y los navíos, que supuse serían todos como el San Fernando Magallanes, que estaba anclado en aquella bahía.

A más de esto me divertí con las morenas del país, que, aunque desagradables a la vista del que sale de México, son harto familiares y obsequiosas.

También regalé mi paladar con el pescado fresco, que lo hay muy bueno y en abundancia; y así, con estas bagatelas entretuve las incomodidades que sufría con el calor y la poca sociedad, pues no tenía muchos amigos. A más de esto, la privación de las diversiones de esta ciudad y el temor de la navegación que me urgía bastante, como urge al que jamás se ha embarcado y tiene que fiar su vida a la furia de los vientos y a la ninguna firmeza de las aguas, no dejaba de mortificarme algunas veces.

Llegó el día en que nos habíamos de dar a la vela. Se entregaron al capitán los forzados, nos embarcamos, se levantaron las anclas, cortaron los cables y con el *buen viaje* gritado por los amigos y curiosos que estaban en el muelle fuimos saliendo de la bocana a la ancha mar.

Desde este primer día nos pronosticó el cielo una feliz navegación, pues a poco de habernos alejado del puerto se levantó un viento favorable que, llenando las velas que se habían desplegado enteramente, nos hacía volar a mi entender con la mayor serenidad, pues a las cuatro horas de navegación ya no veía yo, ni con anteojos, las que llaman *tetas de Coyuca*, que son los cerros más elevados del Sur, y la primera tierra que se descubre desde la mar.

Esto algo me entristeció, como que sabía lo largo de la navegación que me esperaba. Tampoco dejé de marearme y padecer mis náuseas y dolor de cabeza como bisoño en semejantes caminos; pero, pasada esta tormenta, continué mi viaje alegremente.

Capítulo XI. En el que Periquillo cuenta la aventura funesta del egoísta y su desgraciado fin de resultas de haberse encallado la nao, los consejos que por este motivo le dio el coronel y su feliz arribo a Manila

Cuando estuve restablecido de mi accidente, subí a la cubierta y ya no vi nada de tierra, sino cielo, agua y el buque en que navegábamos, lo que no dejaba de atemorizarme bastante, y más cuando interiormente reflexionaba en todos los riesgos que me rodeaban. Ya se me ponía en la cabeza una tormenta deshecha; ya una calma o encalladura que nos hiciera morir de hambre; ya pensaba que el barco se estrellaba en un arrecife, y cada uno de nosotros salía por su respectiva tronera a ser pasto de los tiburones y tintoreras; ya temía un encuentro con algunos piratas y esperaba el temible *zafarrancho*; ya creía muy fácil un descuido con el fogón y se me representaba la embarcación ardiendo, escurriendo el alquitrán, y consumiéndose todo por la voracidad de las llamas, a pesar de las bombas, y que, perdiendo el fuego el respeto a la Santa Bárbara, volábamos todos por esos aires de Dios para no volver a resollar hasta el último día de los tiempos.

En estas funestas consideraciones y nada pánicos temores pasaban algunos ratos del día, hasta que al cabo de un mes, viendo que nada adverso sucedía, los fui desechando poco a poco, y haciéndome, como dicen, a las armas en tal grado que ya me era gustosa la navegación, pues en las noches de Luna reflejaba ésta en las ondas, haciéndolas lucir como si fueran un espejo, lo que junto con los repetidos celajes que se observaban por los horizontes nos divertía bastante, y más cuando el viento que soplaba en la popa era el que se quería para navegar aprisa y sin riesgo de nortes tempestuosos; pues entonces, descansando de maniobrar los marineros, gustábamos todos ya de la conversación de los comerciantes, oficialidad y pasajería decente que subían sobre cubierta a gozar de la hermosa noche, ya de los que tocaban y cantaban, y ya de la naturaleza pacífica cual se nos manifestaba en aquellos ratos.

Me acuerdo que en uno de ellos se puso a platicar conmigo un comerciante que se había hecho mi amigo, porque había menester la protección del coronel en Manila y veía la estimación que yo disfrutaba de él. En la conversación le conté los trabajos que había padecido en el discurso de mi vida, exagerándolos sin motivo.

Él escuchaba todo con fría indiferencia, lo que no dejó de escandalizarme; y por ver si era genial o la afectaba le dije: cierto que somos desgraciados los mortales, icuántos males nos rodean desde la cuna, y cuántos daños

156

no padecemos, no ya de uno en uno, sino de generación en generación! ¿Y qué se le da a usted de eso?, me dijo con mucha socarra, ¿los padece usted? No los padezco, le dije, pero me lastima que los padezcan mis prójimos, a quienes debo considerar como a mis hermanos, o más bien como a partes de mí mismo. ¡Oh!, vaya, dijo el comerciante, usted es uno de los muchos preocupados que hay en el mundo; ¡ya se ve!, es usted un pobre soldado que no tiene motivo de ser instruido.

No dejé de incomodarme con tal disculpa, y así le dije: quizá no soy tan lerdo como usted supone, y podré hacerle ver que no todos los soldados son de principios ordinarios ni carecen de tal cual instrucción; y si no, dígame usted, ¿por qué me juzga preocupado? ¿Porque le dije que me dolían los males que padecía mi prójimo como si fuera mi hermano o una parte de mí mismo? Sí señor, porque creer eso, me dijo, es una preocupación. Nosotros mismos somos nuestros hermanos, y harto haremos si vemos por nosotros solamente sin mezclarnos con el resto de los hombres, a no ser que nos redunde algún provecho particular de sus amistades.

Según eso, le dije, no deberemos ser amigos sino de aquellos que nos sirvan o nos den esperanzas de servirnos en algún tiempo. Cabalmente así debe ser, me contestó, y aquí encaja bien el refrán que dice que *el amigo que no da, y el cuchillo que no corta, que se pierdan poco importa*, y ya usted ve que los refranes son evangelios chiquitos. Yo entiendo, le dije, que no todos lo son; antes hay algunos falsos y disparatados de que no se debe hacer caudal, en cuyo número pongo el que usted acaba de citarme, pues habrá muchos amigos cuya amistad será utilísima aunque no den nada más que su estimación, sus consejos o su enseñanza, y cierto que la pérdida de éstos será sensible a quien conozca lo que valen.

Ésas son pataratas, me contestó; consejos, estimación, enseñanza y todo lo que no es dinero o cosa que lo valga, son fantasmas agradables que solo pueden divertir muchachos, pero que no traen gota de utilidad. Yo por mí detesto de semejantes amigos; no, no me empeñaré en buscarlos, y si tengo algunos sin esta diligencia no se me dará nada de que se pierdan.

¿Conque usted solo será amigo del que le proporcione dinero? No hay otros que merezcan mi amistad, me respondió, y las desgracias de éstos las

157

sentiré por lo que puedan tocarme, que por lo demás cada uno se rasque con sus uñas.

Escandalizado al escuchar tan infernales máximas, mudé conversación y a poco rato me separé de su lado.

Al día siguiente, estando peinando al coronel, le conté mi anterior conversación, y él me dijo: no te espantes, Pedro, de haber hallado tal dureza en ese comerciante, ni te escandalice su avaricia o interés. Hay muchos en el mundo que piensan y obran lo mismo que él; ése es un gran egoísta, y como tal es ambicioso, cruel y adulador, vicios comunes a los que piensan que para ellos solos se hizo el mundo; pero este sujeto a más de egoísta tiene la desgracia de ser un necio, pues se jacta de sus mismos vicios y los descubre sin disfraz, que es por lo que te has escandalizado; mas sábete que este vicio está tan extendido en el mundo que de cada cien hombres dudo que uno no sea egoísta.

Ya sabes que se entiende por egoísta el que se ama a sí propio con tal inmoderación que atropella los respetos más sagrados cuando trata de complacerse o de satisfacer sus pasiones. Según esto, el egoísmo no solo es un vicio temible, porque ha sido y es causa de cuantas desgracias han acaecido y acaecen a los mortales diariamente, sino que es un vicio el más detestable, pues es la raíz de todos los delitos que se cometen en el mundo, de suerte que nadie es criminal antes que ser egoísta. Todos pecan por darse gusto y porque se aman demasiado, que vale tanto como decir que todos pecan porque son egoístas, y mientras más egoístas son, por consecuencia son más pecadores.

Éstas son unas verdades que se sujetan a la demostración, y por ella tú conocerás que pocos o raros no son egoístas en el mundo; pero hay esta diferencia: unos son egoístas tolerables y otros intolerables. Me explicaré.

La mayor parte de los hombres o casi todos se aman demasiado, y así el bien que hacen como el mal que dejan de hacer no reconocen mejor principio que su particular interés, por más que lo palien con nombrecitos brillantes que aparentan mucho y nada se halla en ellos más que follaje. Esta clase de egoístas algunas veces son perjudiciales a la sociedad por esta causa, y muchas inútiles; pero, como no se dejan de considerar con relación a los demás hombres, están dispuestos a servirles alguna vez, aunque no

158

sea más que por el vano interés de que los tengan por benéficos, y por esto digo que son egoístas *tolerables*.

Los otros son aquellos que, haciéndose cada uno el centro del universo, se aman con tal desorden que a su interés posponen los respetos más sagrados. Para éstos nada valen los preceptos de la religión, ni los más estrechos vínculos de la sangre o de la sociedad; por todo pasan como por un puente seguro, y jamás les afectan las calamidades de los hombres. Por esta depravada cualidad son soberbios, interesables, envidiosos y crueles, y por lo mismo son *intolerables*.

De esta clase de egoístas es el comerciante cuya conversación te ha escandalizado justamente; mas, por lo mismo que te repugna tal modo de pensar, has de procurar no contaminarte con él, advirtiendo que el amor propio es habilísimo para disminuir nuestros defectos a nuestros ojos, y aun para hacérnoslos pasar por virtudes. Todos aborrecen el egoísmo, y nadie cree que es egoísta por más que esté tan extendido este vicio. La regla que te puede asegurar de que no lo eres es que te sientas movido a ser benéfico a tus semejantes, y que de hecho pospongas tus particulares intereses a los de tus hermanos; y, cuando te halles connaturalizado con esta máxima, podrás vivir satisfecho de que no eres egoísta.

De semejante manera me instruía siempre mi buen mentor, y no perdía las ocasiones que se le presentaban oportunas para el efecto; pero por desgracia entonces sembraba en tierra dura; sin embargo, a la vuelta de mis extravíos, muy mucho me han servido sus saludables advertencias.

Ya navegaba yo contento pensando que todo el monte era orégano y todo mar pacífico, cuando me sacó de este confiado error uno de aquellos accidentes de mar que no se sujetan a la práctica de los mejores pilotos.

Una noche que estaba enfermo el primer piloto dejó encargado el cuidado de la brújula a un segundo, que, aunque diestro en el manejo del timón, era mortal, y acosado del sueño se durmió sobre el banco sin que ninguno lo advirtiera, y todos los pasajeros hicimos lo mismo con la seguridad del tiempo favorable que nos hacía.

Como dormido el pilotín, quedó el buque con la misma libertad que el caballo sin gobierno en la rienda, tomó el rumbo que quiso darle el aire, y en lo más tranquilo de nuestro sueño nos despertó el bronco ruido que hizo la quilla al arrastrarse en la arena.

El primero que advirtió la desgracia fue el buen piloto, que no había podido dormir a causa de sus dolencias. Inmediatamente desde su camarote comenzó a gritar: *orza, orza, vira a babor... que nos varamos... banco, banco.*

Toda la tripulación, el contramaestre, los pasajeros y toda la gente despertó y se pusieron a maniobrar, pero ya no alcanzaban a remediar el mal las primeras recetas que había dictado el práctico piloto; lo más que hicieron fue amarrar el timón y recoger las lonas, con cuya diligencia no se enterró más la embarcación.

Los que en la navegación han experimentado semejante lance se harán cargo cuál sería nuestra consternación, y más cuando, luego que se advirtió la desgracia, se dio la orden de que se acortara a todos la ración de comida y bebida, lo que nos entristeció demasiado, y más a mí que comía por siete. Todos manifestaron el abatimiento de sus espíritus en la tristeza de sus semblantes.

Desde esa hora ya no hubo quien durmiera, todo era susto, y el funesto temor de morir de hambre y sed estacados en aquel promontorio de arena era el objeto de nuestras tristes conversaciones.

Se hizo una solemne junta de los pilotos y jefes, y en ella se determinó probar cuantos medios fueran posibles para libertarnos del riesgo que nos amenazaba, y en virtud de esta resolución se echaron al agua todos los botes y lanchas, desde las cuales tiraban del buque atado con cables; pero esta diligencia fue enteramente inútil, y a su consecuencia se determinó ejecutar la última, y fue alijar o aligerar el navío echando al mar cuanto peso fuera bastante para que sobreaguara.

Ya se sabe que la nao de China a su regreso de Acapulco no lleva más carga que víveres y plata; en esta virtud, supuesto que los víveres no se debían echar al agua, el decreto recayó sobre la plata. Se separó el caudal del rey, que llaman *situado*, y los marineros comenzaron a tirar baúles y cajones de dinero, según que los cogían y sin ninguna distinción.

Mi maestro y jefe abrió sus baúles, sacó sus papeles y dos mudas de ropa, y él mismo junto conmigo dio con ellos en la mar, sirviendo su ejemplo de un poderoso estímulo para que casi todos los señores oficiales y co-

160

merciantes hicieran lo mismo, si no alegres, porque nadie podía hacer este sacrificio contento, a lo menos conformes, porque no había esperanzas de libertar la vida de otra manera.

Mi coronel animaba a todos con prudencia y jovialidad. Luego que el barco comenzó a moverse y aligerarse, hizo suspender la maniobra un corto rato, que destinó para que tomara la gente un poco de alimento y un trago de aguardiente, lo cual concluido continuó la faena con el mismo fervor que al principio.

Mi jefe ya no tenía qué perder, pues hasta su catre, que era de acero, lo había echado al agua, y así sus exhortaciones iban precedidas del ejemplo, y por consiguiente sacaban el mejor fruto.

Sobran minas, amigos, decía en el fervor de la fatiga, con poco basta al hombre para vivir; los créditos de ustedes quedan seguros en este caso y libres de toda responsabilidad, lo único que se pierde es la ganancia, pero con el sacrificio de ésta compramos todos nuestra futura existencia. Compraremos la vida con el dinero, y veremos que la vida es el mayor bien del hombre, y el primero a cuya conservación debemos atender; y el dinero, los pesos, las onzas de oro, no son más que pedazos de piedra beneficiados, sin los cuales puede vivir el hombre felizmente. Ea, pues, seamos liberales cuando nada perdemos, compremos nuestras vidas y las de tantos pobres que nos acompañan a costa de una tierra blanca o amarilla, o llámense metales de oro y plata, y no queramos perecer abrazados de nuestros tesoros como el codicioso Creso.

Con éstas y semejantes exhortaciones avaloraba mi amado coronel los ánimos decaídos de los que veían sepultada la utilidad de sus sudores en el abismo profundo de la mar; y así, echando cada uno, como dicen, pecho por tierra, trabajaba en destruirse y asegurarse al mismo tiempo, arrojando al mar sus respectivos caudales, señalando el lugar con unas boyas; pero no bien hubieron tocado los baúles y cajones del egoísta (que veía frescamente la escena sentado sobre ellos) cuando juró, perjuró, blasfemó, ofreció galas considerables, e hizo cuantas diligencias pudo por librar sus intereses, pero no le valió; los marineros, gente pobre y que en estos casos no respeta rey ni Roque, lo hicieron a un lado y arrojaron al mar sus baúles y cajones.

Quizá éstos eran los más pesados que llevaba el buque, pues luego que se vio libre de ellos comenzó a sobreaguar, y espiando el barco por la popa con el anclote esperanza y la ayuda del cabrestante salimos a mar libre y se desencajó del banco en un momento.

No es posible ponderar el regocijo que ocupó los corazones de todos al verse libres de un riesgo del que pocas navegaciones escapan, y más que ya muchos habíamos creído morir de hambre. Solo el práctico flojo y el miserable egoísta estaban ocupados de la mayor melancolía, que en este último pasó a la más funesta desesperación, pues, cansado de llorar, jurar, renegar y desmecharse, viendo que el barco se apartaba del lugar donde dejaba su tesoro, lleno de rabia y ambición dijo: ¿para qué quiero la vida sin dinero? Y diciendo y haciendo se arrojó al mar sin que lo pudiéramos estorbar ninguno de cuantos estábamos a su lado.

En vano fue la diligencia de echar al agua una guindola, pues, como no sabía nadar, en cuanto cayó se fue a plomo y desapareció de nuestra vista, dejándonos llenos de compasión y espanto.

El piloto, que no soltaba la sonda de la mano, cuando se vio fuera de los bancos y en lugar proporcionado, hizo fondear la nao y asegurarla con las anclas; se recogieron las velas, se amarró el timón y se echaron al mar todos los esquifes, botes y lanchas que llevábamos, y tripulándose con la gente más útil y algunos buenos buzos se embarcó con ellos y fue a tentar la restauración de los caudales, lo que consiguió con tan feliz éxito que, ayudado del tiempo sereno que corría, a las veinticuatro horas ya estaban en el navío todos los baúles y cajones de plata que se habían tirado, hasta los del infeliz y avaro egoísta, cuyo cuerpo tuvo menos suerte que su dinero, y quién sabe si su alma la tendría más desgraciada que su cuerpo.

Reembarcados los intereses en el navío y reconocidos por sus dueños por las respectivas marcas, se hizo una general promesa a María Santísima en muy justa acción de gracias por tanto beneficio, y, tomada razón de los cajones y baúles que pertenecían al egoísta, se entregaron en depósito al coronel para que los pusiera en manos de su desgraciada familia, que era más digna de poseerlos.

A los quince o veinte días de este suceso fue el de la Inmaculada Concepción de la Reina de los Ángeles, patrona de las Españas, con cuyo motivo

162

se empavesó el barco y hubo todo el día una repetida y solemne salva de artillería, lo que me causó una agradable sorpresa, como causa a cualquiera que por la primera vez ve una embarcación llena de gallardetes y banderas de diversos colores y figuras, que denotan las de cada nación y las de las señas particulares que usan en el mar. A más de eso, el verlas colocar y quitar casi a un tiempo me causó no poca admiración, aunque yo no la manifesté, pues ya el coronel me había dicho que manifestar con vehemencia nuestra admiración por cualquier cosa era señal de tontos, lo mismo que ver las cosas más raras con una indiferencia de mármol.

Este hombre, cuya memoria se perpetuó en la mía, no perdía, como he dicho, las ocasiones de instruirme, y según su loable sistema, que jamás seré bastante a agradecer, un día que lo peinaba se acordó del desgraciado fin del egoísta y me dijo: ¿te acuerdas, hijo, del pobre de don Anselmo? ¡Pobrecito! Él se echó al mar y perdió la vida, y quizás el alma, por la falta de su dinero. ¡Ah, dinero, funesto motivo de la ruina temporal y eterna de los hombres! Días ha que un gentil llamó neciamente sagrada (mejor hubiera dicho maldita) la hambre del oro, y exclamó que ¿a qué no obligaría a los mortales? Hijo, nunca sean la plata ni el oro los resortes de tu corazón, jamás la codicia del interés sea el eje sobre que se mueva tu voluntad. Busca el dinero como medio accidental, y no como el único ni el necesario para pasar la vida. La liberal sabiduría de Dios cuando crió al hombre lo proveyó de cuanto necesitaba para vivir, sin acordarse para nada del dinero; séame lícita esta expresión para que me entiendas: crió Dios en la naturaleza todo lo necesario para el hombre, menos pesos acuñados en ninguna casa de moneda, prueba de que éstos no son necesarios para su conservación.

Mientras el hombre se contentó con atender a sus necesidades con solo los auxilios de la naturaleza, no extrañó para nada el dinero; pero después que se entregó al lujo, ya le fue preciso valerse de él para adquirir con facilidad lo que no podía conseguir de otra manera.

Yo no condeno el uso de la moneda, conozco las ventajas que nos proporciona; pero me agrada mucho el pensamiento de los que han probado que no consisten las riquezas en la plata, sino en las producciones de la tierra, en la industria y en el trabajo de sus habitantes; y tengo por una imprudencia el empeño con que buscamos las riquezas de entre las entrañas de la tierra,

163

desdeñándonos de recogerlas de su superficie con que tan liberal nos brinda. Si la felicidad y la abundancia no viene del campo, dice un sabio inglés, es en vano esperarla de otra parte.

Muchas naciones han sido y son ricas sin tener una mina de oro o plata, y con su industria y trabajo saben recoger en sus senos el que se extrae de las Américas. La Inglaterra, la Holanda y el Asia son bastantes pruebas de esta verdad, así como es evidente que las mismas Américas, que han vaciado sus tesoros en la Europa, Asia y África, están en un estado deplorable.

Poseer estos preciosos metales sin más trabajo que sacarlos de los peñascos que los cubren es en mi entender una de las peores plagas que puede padecer un reino; porque esta riqueza, que para el común de los habitantes es una ilusión agradable, despierta la codicia de los extranjeros y enerva la industria y laborío de los naturales.

No son estas proposiciones metafísicas, antes tocan las puertas de la evidencia. Luego que en alguna parte se descubren una o dos minas ricas, se dice estar aquel pueblo en bonanza, y es precisamente cuando está peor. No bien se manifiestan las vetas cuando todo se encarece, se aumenta el lujo, se llena el pueblo de gentes extrañas, acaso las más viciosas, corrompen éstas a las naturales, en breve se convierte aquel Real en un teatro escandaloso de crímenes, por todas partes sobran juegos, embriagueces, riñas, heridas, robos, muertes y todo género de desórdenes. Las más activas diligencias de la justicia no bastan a contener el mal ni en sus principios. Todo el mundo sabe que la gente minera es por lo regular viciosa, provocativa, soberbia y desperdiciada.

Pero se dirá que estos defectos se notan en los operarios. Conque no me nieguen esto que es más claro que la luz, me basta para probar lo que quiero.

A más de lo dicho, en un mineral en bonanza o escasean los artesanos, o si hay algunos hacen pagar con exorbitancia su trabajo. Los labradores se disminuyen, o porque se dedican al comercio de metales, o porque no hay jornaleros suficientes para el cultivo de la tierra, y cátate ahí que dentro de poco tiempo aquel pueblo tiene una subsistencia precaria y dependiente de los comarcanos.

164

Los muchachos pobres, que son los más, y los que algún día han de llegar a ser hombres, no se dedican ni los dedican sus padres a aprender ningún oficio, contentándose con enseñarlos a acarrear metales, o a espulgar las tierras, que vale tanto como enseñarlos a ociosos.

Éste es el cuadro de un mineral en bonanza: su decantada riqueza se halla estancada en dos o tres dueños de las minas, y el resto del pueblo apenas subsiste de sus migajas. Yo he visto familias pereciendo a las orillas de los más ricos minerales.

Esto quiere decir que, a proporción de lo que sucede en un pueblo mineral, sucede lo mismo, y con peores resultados, en un reino que abunda en oro y plata como las Indias. Por veinte o treinta poderosos que se cuentan en ellas, hay cuatro o cinco millones de personas que viven con una escasa medianía, y entre éstos muchas familias infelices.

Si no me engaño, la razón de paridad es la misma en un reino que en un pueblo; y si desde un pueblo desciende la comparación a un particular, se han de observar los mismos efectos procedentes de las mismas causas. Hagamos una hipótesis con dos muchachos bajo nuestra absoluta dirección que se llamen uno *Pobre* y el otro *Rico*; que a éste lo eduquemos en medio de la abundancia, y a aquél en medio de la necesidad. Es claro que el Rico, como que nada necesita, a nada se dedica y nada sabe; por el contrario, el pobre, como que no tiene ningunos auxilios que lo lisonjeen, y por otro lado la necesidad lo estrecha a buscar arbitrios que le hagan menos pesada la vida, procura aplicarse a solicitarlos, y lo consigue al fin a costa del sudor de su rostro. En tal estado supongamos que al muchacho Rico acaece alguna desgracia de aquellas que quitan este sobrenombre al que tiene dinero, y se ve reducido a la última indigencia. En este caso, que no es raro, sucede una cosa particular que parece paradoja: el Rico queda pobre y el Pobre queda rico; pues el muchacho que fue rico es más pobre que el muchacho Pobre, y el muchacho que nació pobre es más rico que el que lo fue, como que su subsistencia no la mendiga de una fortuna accidental, sino del trabajo de sus manos.

Esta misma comparación hago entre un reino que se atiene a sus minas y otro que subsiste por la industria, agricultura y comercio. Éste siempre florecerá, y aquél caminará a su ruina por la posta.

No solo el reino de las Indias, la España misma es una prueba cierta de esta verdad. Muchos políticos atribuyen la decadencia de su industria, agricultura, carácter,[38] población y comercio, no a otra causa que a las riquezas que presentaron sus colonias. Y si esto es así, como lo creo, yo aseguro que las Américas serían felices el día que en sus minerales no se hallara ni una sola vena de plata u oro. Entonces sus habitantes recurrirían a la agricultura, y no se verían como hoy tantos centenares de leguas de tierras baldías, que son por otra parte feracísimas; la dichosa pobreza alejaría de nuestras costas las embarcaciones extranjeras que vienen en pos del oro a vendernos lo mismo que tenemos en casa; y sus naturales, precisados por la necesidad, fomentaríamos la industria en cuantos ramos la divide el lujo o la comodidad de la vida; esto sería bastante para que se aumentaran los labradores y artesanos, de cuyo aumento resultarían infinitos matrimonios que no contraen los que ahora son inútiles y vagos; la multitud de enlaces produciría naturalmente una numerosa población que, extendiéndose por lo vasto de este fértil continente, daría hombres apreciables en todas las clases del estado; los preciosos efectos que cuasi privativamente ofrece la naturaleza a las Américas en abundancia, tales como la grana, algodón, azúcar, cacao, etc., etc., serían otros tantos renglones riquísimos que convidarían a las naciones a entablar con ellas un ventajoso y activo comercio, y finalmente un sin número de circunstancias que precisamente debían enlazarse entre sí, y cuya descripción omito por no hacer más prolija mi digresión, harían al reino y su metrópoli más ricos, más felices y respetados de sus émulos que lo han sido desde la época de los Corteses y Pizarros.

No creas que me he desviado mucho del asunto principal adonde dirijo mi conversación. Esto que te he dicho es para que adviertas que la abundancia de oro y plata está tan lejos de hacer la verdadera felicidad de los mortales, que antes ella misma puede ser causa de su ruina moral, así como lo es de la decadencia política de los estados, y por tanto no debemos ni hacer mal uso del dinero, ni solicitarlo con tal afán, ni conservarlo con tal anhelo, que su pérdida nos cause una angustia irreparable, que tal vez nos conduzca a nuestra última ruina, como le sucedió al necio don Anselmo.

---

38 Entiéndese aquel antiguo vigor y desprecio del lujo que no conocieron los Godos, Visogodos, etc.

Este desgraciado creyó que toda su felicidad pendía de la posesión de unos cuantos tepalcates brillantes; perdiolos en su concepto, la negra tristeza se apoderó de su avaro corazón y, no pudiendo resistirla, se precipitó al mar en el exceso de su desesperación perdiendo de una vez el honor, la vida, y plegue a Dios no haya perdido el alma.

Este funesto suceso lo presenciaste, y jamás te acordarás de él sin advertir que el oro no hace nuestra felicidad, que es un gran mal la avaricia, y que debemos huirla con el empeño posible.

No pienses por esto que te predico el desprecio de las riquezas con aquel arte que muchos filósofos del paganismo, que hablaban mal de ellas por vengarse de la fortuna que se les había manifestado escasa. Ni menos te recomendaré ensalzando sobre las nubes la pobreza, cuando yo gracias a Dios no la padezco. No soy un hipócrita, quédese para Séneca decir en el seno de la abundancia que *es pobre el que cree que lo es; que la naturaleza se contenta con pan y agua, y para lograr esto nadie es pobre; que no es ningún mal sino para el que la rehúsa,* y otras cosas a este modo que no le entraban, como dicen, de dientes a dentro; pues en la realidad al tiempo que escribía esto disfrutaba la gracia de Nerón, era querido de su mujer, poseía grandes rentas, habitaba en palacios magníficos y se recreaba en deliciosos jardines.

¡Qué cosa tan dulce, dice un autor, es moralizar y predicar virtud en medio de estos encantos! Pretender que el hombre mortal, viador y rodeado de pasiones sea enteramente perfecto, es una quimera. La virtud es más fácil de ensalzarse que de practicarse, y los autores pintan al hombre no como es, sino como debe ser; por eso tratamos en el mundo pocos originales cuyos retratos manejamos en los libros. El mismo Séneca penetrado de esta verdad llega a decir que *era imposible hallar entre los hombres una virtud tan cabal como la que él proponía, y que el mejor de los hombres era el que tenía menos defectos. Pro optimo est minime malus.* Así es que yo ni exijo de ti un desprecio total de los bienes de fortuna, ni menos te exhorto a que abraces una pobreza holgazana.[39] Si un brillante estado de opulencia pone al hombre en el riesgo de ser un inicuo por la facilidad que tiene de satisfacer

---

39 Con esta expresión dio a entender el coronel que no hablaba de pobreza evangélica, la que siempre es recomendable, pero no es para todos, pues no todos tenemos aquella disposición de espíritu que requiere.

167

sus pasiones, el miserable estado de la pobreza puede reducirlo a cometer los crímenes más viles.

Estoy muy lejos de decirte que la pobreza hace sabios y virtuosos, como decía Horacio a Floro; menos te diré que el más pobre es más feliz como que vive más libre e independiente, como he oído decir a muchos que envidian la suerte del pobre cargador; me acuerdo de la graciosa definición que da Juvenal en la Sátira III de la decantada libertad del pobre, y no la envidio. Dice este genio festivo que su *libertad consiste en pedir perdón al que lo ha injuriado, y en besar la mano que lo golpea para poder escapar con algunos dientes en la boca.* ¡Grandes privilegios tiene la libertad de esta clase de pobres! A lo que se puede agregar su ninguna vergüenza y una resignación de mármol para sufrir las incomodidades de la vida; pero de esta pobreza debes huir.

Yo lo que te aconsejo es que no hagas consistir tu felicidad en las riquezas, que no las desees, ni las solicites con ansia; y, tenidas, que no las adores ni te hagas esclavo de ellas; pero también te aconsejo que trabajes para subsistir, y últimamente que apetezcas y vivas contento con la medianía, que es el estado más oportuno para pasar la vida tranquilamente.

Este consejo es sabio y dictado por el mismo Dios en el cap. 80 v. 9 de los Proverbios, en boca de aquel prudente que decía: *Señor, no me deis ni pobreza ni riquezas, concededme solamente lo necesario para pasar la vida; no sea que en teniendo mucho me ensoberbezca y os abandone diciendo: ¿quién es el Señor? O que viéndome afligido por la pobreza me desespere y hurte o vulnere el nombre de mi Dios perjurando...*

Aquí llegaba el coronel, cuando interrumpió su conversación el palmoteo y vocería de los grumetes y gente del mar que gritaban alborozados sobre la cubierta: *tierra, tierra.*

Al eco lisonjero de estas voces todos abandonaron lo que hacían, y subieron unos con anteojos y otros sin ellos para certificarse, por su vista o por la ajena, de si era realidad lo que habían anunciado los gritos de los muchachos.

Cuanto más avanzaba el navío sobre la costa, más se aseguraban todos de la realidad, lo que fue motivo para que el comandante mandara dar aquel día a la tripulación un buen refresco y ración doble, que recibieron con ma-

168

yor gusto cuando el piloto, que ya estaba restablecido, aseguró que, con la ayuda de Dios y el viento favorable que nos hacía, al día siguiente desembarcaríamos en Cavite.

Aquella noche y el resto del día prefijado se pasó en cantos, juegos y conversaciones agradables, y como a las cinco de la tarde dimos fondo en el deseado puerto.

La plana mayor comenzó a desembarcar en la misma hora, y yo logré esta anticipación con mi jefe. Al día siguiente se verificó el desembarque general, y, concluido, trataron todos de pasar a Manila, que era el lugar de su residencia, siendo de los primeros nosotros, como que el coronel no tenía conexiones de comercio que lo detuvieran.

Llegamos a la ciudad, entregó mi coronel la gente forzada al gobernador, puso los caudales del egoísta en manos de su familia, ocultándole con prudencia el triste modo de su muerte, y nos fuimos para su casa, en la que le serví y acompañé ocho años, que eran los de mi condena, y en este tiempo me hice de un razonable capital por sus respetos.

Fin del tomo tercero

Libros a la carta

A la carta es un servicio especializado para

empresas,

librerías,

bibliotecas,

editoriales

y centros de enseñanza;

y permite confeccionar libros que, por su formato y concepción, sirven a los propósitos más específicos de estas instituciones.

Las empresas nos encargan ediciones personalizadas para marketing editorial o para regalos institucionales. Y los interesados solicitan, a título personal, ediciones antiguas, o no disponibles en el mercado; y las acompañan con notas y comentarios críticos.

Las ediciones tienen como apoyo un libro de estilo con todo tipo de referencias sobre los criterios de tratamiento tipográfico aplicados a nuestros libros que puede ser consultado en Linkgua-ediciones.com.

Linkgua edita por encargo diferentes versiones de una misma obra con distintos tratamientos ortotipográficos (actualizaciones de carácter divulgativo de un clásico, o versiones estrictamente fieles a la edición original de referencia).

Este servicio de ediciones a la carta le permitirá, si usted se dedica a la enseñanza, tener una forma de hacer pública su interpretación de un texto y, sobre una versión digitalizada «base», usted podrá introducir interpretaciones del texto fuente. Es un tópico que los profesores denuncien en clase los desmanes de una edición, o vayan comentando errores de interpretación de un texto y esta es una solución útil a esa necesidad del mundo académico.

Asimismo publicamos de manera sistemática, en un mismo catálogo, tesis doctorales y actas de congresos académicos, que son distribuidas a través de nuestra Web.

El servicio de «Libros a la carta» funciona de dos formas.

1. Tenemos un fondo de libros digitalizados que usted puede personalizar en tiradas de al menos cinco ejemplares. Estas personalizaciones pueden ser de todo tipo: añadir notas de clase para uso de un grupo de estudiantes,

171

introducir logos corporativos para uso con fines de marketing empresarial, etc. etc.

2. Buscamos libros descatalogados de otras editoriales y los reeditamos en tiradas cortas a petición de un cliente.